Rätselspaß für Kids

Rätselspaß für Kids

Ein Comic-Rätsel-Buch

garant

Einleitung

Ausgewählte Kreuzworträtsel, Wortsuchrätsel,
Labyrinthe, Sudokus, coole Witze und
freche Comics trainieren die kleinen grauen Zellen
und bringen megagute Laune.

Und sollte die eine oder andere Aufgabe zu knifflig sein,
sind im Lösungsteil mühelos alle Antworten zu finden,
so dass es bei allen Rätseln nur Gewinner geben kann.

Nr. 1:

Sudoku

		1		5		3		
	2							1
							8	9
				6		9		
1		4		2				
	3		7				4	
				3	8	7	2	
				7			5	
		6	4					

Ein Lehrer fragt seinen Schüler: „Wie bezeichnet man einen Mann, der nicht verheiratet ist?"

Schüler: „Ledig."

Lehrer: „Und wie bezeichnet man einen Mann, der verheiratet ist?"

Schüler: „Erledigt!"

Nr. 2:

Wortsuchrätsel

Urlaub

U	I	I	N	S	E	L	H	G	M	U	L
S	L	D	K	D	X	J	X	Y	S	D	D
D	T	O	R	K	B	X	B	G	D	K	W
S	K	R	C	C	B	A	H	W	K	E	M
K	Y	S	A	A	A	B	D	F	Z	S	V
I	E	T	O	N	Q	E	H	E	J	E	P
F	G	A	H	N	D	N	N	R	N	G	N
A	H	T	X	C	N	T	D	I	O	E	E
H	O	T	Q	S	O	E	U	E	B	L	X
R	T	C	X	E	A	U	J	N	Z	N	G
E	E	I	T	N	P	E	T	H	Z	A	Q
N	L	J	V	E	R	R	E	I	S	E	N

ABENTEUER
BADEN
FERIEN
HOTEL
INSEL

SEGELN
SKIFAHREN
SONNE
STRAND
VERREISEN

Nr. 3:

Labyrinth

Nr. 4:

Kreuzworträtsel

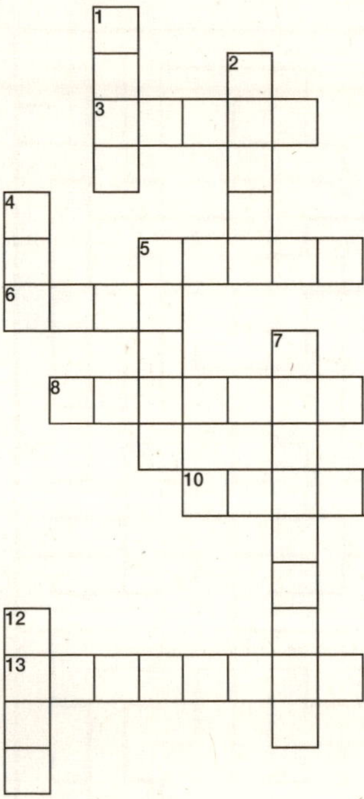

Waagerecht

3. Bilderrätsel
5. Abfall, Schmutz
6. Loyal
8. Gewürz
9. Schiff in Gefahr
10. Stadt in Asien und Europa
11. Strom durch Köln
13. Eine Reise beginnen

Senkrecht

1. Freudig
2. Kontrollgang
4. Voller Energie
5. Rechtschreibbuch
7. Camp
9. Heilcreme
12. Langer, schmaler Flur

Nr. 5:

Sudoku

							5	
		6				3		
8		4		5		6		
1			5		4			6
2				8		9		
				7				2
					2			
5			3					
	9					8	4	

Ein schottischer Lehrer erklärt im Chemieunterricht die Wirkung von Säuren.

„Hier in diese Säure werfe ich ein Geldstück. Wird es sich auflösen?"
„Nein", rufen die Schüler einstimmig.
„Sehr gut! Und warum nicht?"
„Weil sie es dann nicht hineinwerfen würden."

Nr. 6:

Wortsuchrätsel

Wetter

M	D	N	E	B	E	L	D	N	F	E	A
A	G	Y	U	S	C	H	N	E	E	Q	M
N	H	U	W	I	N	D	N	K	T	O	A
H	A	G	E	L	E	A	S	T	U	R	M
Y	T	E	M	P	E	R	A	T	U	R	A
S	X	G	E	W	I	T	T	E	R	F	P
K	U	W	S	K	B	S	O	N	N	E	V
R	G	A	T	T	D	A	D	W	Y	I	W
G	D	F	J	P	N	Z	C	J	O	W	T
O	Q	W	W	O	L	K	E	N	K	C	E
A	W	C	K	H	L	A	I	X	F	U	K
R	E	G	E	N	S	X	O	Y	F	C	Y

GEWITTER
HAGEL
NEBEL
REGEN
SCHNEE

SONNE
STURM
TEMPERATUR
WIND
WOLKEN

Nr. 7:

Labyrinth

Nr. 8:

Sudoku

			5					
7		2				6		
	6						3	
	7			5			8	3
	1							
		6			7			
				4	1		5	
			7			2	9	
2		4	8					

Der Lehrer hat mit den Kindern Geografie. Er sagt: „Jeden Montag stelle ich euch gleich in der Früh eine Frage! Wer die Frage richtig beantworten kann, hat bis Donnerstag frei!" Nächsten Montag fragt er: „Wie viele Liter hat das Mittelmeer?" Keiner weiß es. Nächsten Montag fragt er wieder: „Wie viele Sandkörner hat die Sahara?" Wieder weiß es keiner. Nächsten Montag legt Fritzchen einen Euro auf den Lehrertisch. Der Lehrer fragt: „Wem gehört dieser Euro?" Fritzchen schreit: „Mir! Und tschüss bis Donnerstag!"

Nr. 9:

Kreuzworträtsel

Waagerecht
2. Absage
4. Folglich, deshalb
6. Sauber
7. Warnsignal
9. Schlechteste Schulnote
11. Hunderasse
13. Fehllos
14. Material aus Muschelschalen

Senkrecht
1. Stütze beim Knochenbruch
3. Hängt in jedem Bahnhof
4. Gebirge in Nordafrika
5. Techniker
8. Kurzwort für Mutter
10. Asiatische Kampfsportart
12. Behälter für Treibstoff

Nr. 10:

Labyrinth

Nr. 11:

Wortsuchrätsel

Tiere

B	Y	M	W	K	Y	B	I	E	N	E	W
G	M	O	F	A	S	Z	S	E	O	F	K
F	H	S	R	N	T	E	C	L	H	G	E
M	I	K	O	I	O	X	T	E	I	P	G
G	S	R	S	N	R	L	M	F	B	N	A
Z	U	O	C	C	C	I	R	A	B	L	O
Z	M	K	H	H	H	Q	L	N	E	A	M
D	A	O	R	E	Y	L	R	T	N	M	A
J	E	D	N	N	B	O	A	W	T	Q	M
P	S	I	L	H	B	F	X	N	E	W	I
M	E	L	E	E	H	Z	J	G	G	D	S
J	L	M	J	J	R	C	G	L	P	E	W

ADLER
BIENE
ELEFANT
ENTE
ESEL

FROSCH
KANINCHEN
KROKODIL
SCHLANGE
STORCH

Nr. 12:

Sudoku

	4	7	5					9
		8			9	3	1	
				3				
	1		8	4	3			
	2		7			6		
2		1				9		
		9		8			7	
			4					

Der Kunstlehrer zeigt ein Bild und fragt die Schüler:

„Was wird hier dargestellt, ein Sonnenaufgang oder ein Sonnenuntergang?"

Darauf Fritzchen:
„Ein Sonnenuntergang, kein Künstler steht so früh auf!"

Nr. 13:

Wortsuchrätsel

Musik

R	L	O	T	N	G	P	H	A	Y	T	R
D	I	R	I	G	E	N	T	N	H	J	Q
O	E	C	I	O	S	X	I	O	K	H	E
E	D	H	B	M	A	S	E	T	L	S	C
B	Y	E	O	C	N	Z	A	E	A	L	H
H	K	S	H	Z	G	O	F	N	V	Z	T
F	A	T	P	N	K	S	O	L	I	S	T
W	P	E	E	C	X	U	W	P	E	S	P
U	E	R	L	Q	T	T	D	U	R	V	K
A	L	A	B	A	R	I	T	O	N	H	K
A	L	N	H	M	V	I	O	L	I	N	E
V	E	M	N	W	S	Q	F	T	N	G	Q

BARITON
DIRIGENT
GESANG
KAPELLE
KLAVIER
LIED
NOTEN

ORCHESTER
SOLIST
VIOLINE

Nr. 14:

Labyrinth

Kreuzworträtsel

Waagerecht

5. Älteres, immer noch beliebtes Musikstück
7. Zeitmessgerät für die Küche
8. Schlafmöbel
10. Deutscher Komponist (Ludwig van ...)
11. Abkürzung für ‚Allgemeiner Deutscher Automobilclub'
12. Glücksbringer
14. Sowieso

Senkrecht

1. Großstadt im Ruhrgebiet
2. Rutschig
3. Ein Wurzelgemüse
4. Hauptstadt von Griechenland
6. Land in Südeuropa
9. Großes Durcheinander
11. Häufige Hauterkrankung bei Jugendlichen
13. Land in Südamerika

Nr. 16:

Labyrinth

Nr. 17:

Wortsuchrätsel

Einkaufen

R	Y	O	S	A	W	L	U	I	D	J	J
U	A	I	R	S	Z	Q	Y	H	K	H	M
U	K	B	R	G	C	B	W	X	L	A	Q
Y	Y	S	A	H	R	H	Y	S	E	A	L
Q	X	C	L	T	O	B	U	U	I	C	O
Z	X	D	K	A	T	S	M	H	D	K	J
K	A	I	H	A	D	T	E	A	E	H	M
P	H	X	V	I	S	E	E	N	R	K	O
R	O	O	F	M	V	S	N	J	B	K	D
E	Q	T	W	U	B	N	E	G	X	J	E
I	V	R	U	K	Z	I	H	S	R	V	F
S	W	M	Z	F	E	G	E	L	D	Q	Y

GELD
HOSEN
KASSE
KLEIDER
LADEN

MARKE
MODE
PREIS
RABATT
SCHUHE

Nr. 18:

Sudoku

	6						8	
5					9			
			3			7		
			6	1		2		9
	5					6		
9					7			
	4	2				1		
	3	1			5		4	

In der Schule fragt die Lehrerin, was die Schüler denn später werden wollen. Es kommen von allen Kindern Antworten wie: Pilot, Zugführer, Krankenschwester, Verkäuferin, Friseur etc.

Als die kleine Susi gefragt wird, antwortet diese: „Wenn ich hübsch werde, werde ich Fotomodel und ansonsten Lehrerin."

Nr. 19:

Kreuzworträtsel

Waagerecht

2. Fluss in Österreich
4. Europäisches Land
7. Fragewort
8. Berittener Krieger im Mittelalter
9. Sportgerät zum Springen
10. Gefährte des Asterix
11. Andere Bezeichnung für eine Fußballmannschaft
13. Starker Zweig

Senkrecht

1. Fluss in Afrika
3. Deutscher Fußballspieler (Vorname: Manuel ...)
4. Person, die sich mit der menschlichen Psyche befasst
5. Häufig verwendeter Baustoff
6. Ein Streichinstrument
7. Schweigend
12. Eine Farbe

Nr. 20:

Wortsuchrätsel

Technik

W	E	R	K	Z	E	U	G	E	R	H	X
I	I	C	A	U	T	O	M	A	T	I	K
N	B	S	O	E	N	F	O	S	A	N	X
D	R	Q	S	U	Y	A	T	D	Q	T	D
R	O	Y	S	E	P	U	O	F	T	E	G
A	B	P	L	O	N	L	R	V	P	R	N
D	O	Q	R	W	F	S	A	G	E	N	U
R	T	X	Z	C	L	T	C	N	C	E	J
R	E	E	Y	G	F	A	W	H	U	T	Y
H	R	R	T	M	P	X	X	A	A	N	I
X	Y	C	O	M	P	U	T	E	R	F	G
J	D	X	V	U	C	P	H	N	Z	E	T

AUTOMATIK
COMPUTER
INTERNET
MOTOR
PLANUNG

ROBOTER
SOFTWARE
WERKZEUGE
WINDRAD
WISSENSCHAFT

Nr. 21:

Labyrinth

Nr. 22:

Sudoku

	1	5					4	
			8			7	1	
8			9					3
	9	7	3	2		8		
			7			2		
3		8						
4		3			9			
						5	7	6

Zwei Schüler flitzen zur Tankstelle, verlangen 10 Liter Super, dann 20 Liter Super. „Wozu braucht ihr denn das viele Benzin?" fragt der Mann am Zapfhahn. „Reden sie nicht", knurren die beiden. „Schnell das Benzin, wir haben's eilig - unsere Schule brennt."

Nr. 23:

Kreuzworträtsel

Waagerecht

4. Wissenschaft der Naturereignisse
5. Auf der Haut wachsende Hornfäden
6. Beliebter Kampfsport
7. Rollbrett
9. Männliches Schwein
11. US-Bundesstaat
12. Niederschlag
14. Gegenteil von Flut

Senkrecht

1. Eine Weltreligion
2. Teil des Auges
3. Ein Reptil
6. Von Elfie Donelly erdachte Hexe
8. Ein Hausangestellter
10. Fischöl
13. Besteck

Nr. 24:

Sudoku

			1		8			9
		7				6		
7		3		6			1	
		5						
6				7	9		8	
	3		6	8				1
	2					9		
		1						5

Die Lehrerin weiht ihre Schülerinnen in Erster Hilfe ein. Nach ihrem Referat fragt sie Tina: „Was würdest du tun, wenn ein Passant einen Hitzschlag erlitten hätte?" Eifrig antwortet die Schülerin: „Ich lege ihn in den Schatten und mache ihn kalt."

Nr. 25:

Wortsuchrätsel

Im Badezimmer

W	A	S	C	H	B	E	C	K	E	N	K
L	Z	R	M	H	A	N	D	T	U	C	H
M	I	V	S	U	K	T	E	G	D	J	K
U	S	P	I	E	G	E	L	T	F	G	A
M	X	P	P	Y	L	Z	L	B	R	W	N
D	B	A	D	E	W	A	N	N	E	E	S
U	W	Z	A	H	N	P	A	S	T	E	Y
S	N	A	G	E	L	S	C	H	E	R	E
C	U	S	T	I	J	G	T	Z	Y	W	V
H	R	H	B	T	N	Z	S	I	Z	O	I
E	N	H	N	H	E	S	E	I	F	E	E
T	M	X	W	F	O	P	W	E	F	T	O

BADEWANNE
DUSCHE
HANDTUCH
LIPPENSTIFT
NAGELSCHERE
SEIFE
SPIEGEL

WASCHBECKEN
WATTE
ZAHNPASTE

Nr. 26:

Labyrinth

Nr. 27:

Kreuzworträtsel

Waagerecht

3. Englischer Komiker (Vorname: Charly)
6. Nagetier, das Dämme baut
8. Fahrzeug für die Fortbewegung im Weltall
9. Indische Körperübungen
10. Immergrüne Kletterpflanze
12. Getreidesorte
13. Masse, aus der Brot gebacken wird

Senkrecht

1. Vorspringende Landspitze
2. Ausruf des Erstaunens
4. Märchenfigur aus ‚1001 Nacht‘
5. Einstellige Zahl
7. Mannschaftssport
8. Ein Wintersportgerät
11. Von Johanna Spyri erdachte Kinderbuchfigur
13. Hinweis

Nr. 28:

Wortsuchrätsel

Länder

F	D	Z	S	C	H	W	E	D	E	N	K
C	R	E	H	U	J	P	O	W	E	B	B
S	U	A	U	N	Y	X	Z	E	H	R	C
I	S	I	N	T	N	Y	X	X	V	A	H
T	S	I	P	K	S	A	W	E	M	S	I
A	L	C	N	H	R	C	U	X	P	I	N
L	A	X	H	J	A	E	H	M	S	L	A
I	N	T	B	W	D	P	I	L	K	I	L
E	D	U	G	T	E	H	O	C	A	E	O
N	V	J	G	E	Q	I	W	L	H	N	D
A	U	M	G	O	M	A	Z	I	E	G	D
P	A	U	S	T	R	A	L	I	E	N	P

AUSTRALIEN
BRASILIEN
CHINA
DEUTSCHLAND
FRANKREICH

ITALIEN
POLEN
RUSSLAND
SCHWEDEN
SCHWEIZ

Nr. 29:

Sudoku

					7	2	3	
			8					
7	8		5	9				
		6						
1		3			9			7
					4	8		
							1	
5			6			9		
6							4	

Der Lehrer liest den Schülern die Geschichte vom verlorenen Sohn vor: „Der Vater des verlorenen Sohnes aber fiel auf sein Angesicht und weinte bitterlich. Udo! Warum weinte der Vater wohl?" „Ist doch verständlich, Herr Lehrer. Fallen Sie mal mit der Schnauze auf das Pflaster."

Nr. 30:

Kreuzworträtsel

Waagerecht
2. Ausruf des Erstaunens
3. Deutsche Politikerin (Vorname: Angela)
7. Feier zu Ehren der Mutter
8. Kredit
9. Inselstaat in der Karibik
12. Auseinandersetzung
13. Englische Bezeichnung für große Stadt
14. Deutscher Volksmusiker

Senkrecht
1. Geschenk
3. Italienische Käsesorte
4. Prügelei
5. Abguss
6. Wertvolles Edelmetall
10. Berühmtes Filmidol (Vorname: Marilyn)
11. Deutsche Großstadt an der niederländischen und belgischen Grenze

Nr. 31:

Labyrinth

Nr. 32:

Sudoku

				5		3	6	
							4	
	5				7	9	1	
2	3			7				
	6		1				3	
	9				2			
6								
			6	3				8
	7				1		5	

Der erste Schultag ist überstanden. Zu Hause wird der ABC-Schütze, der wenig begeistert dreinschaut, gefragt: „Hast du heute schon was gelernt?"

„Ja," kommt die knurrige Antwort. „Alle anderen bekommen viel mehr Taschengeld als ich."

Nr. 33:

Wortsuchrätsel

Fußball

E	T	R	N	Z	W	R	H	T	I	F	Q
L	G	Z	S	I	E	G	T	O	R	G	N
F	S	A	N	P	F	I	F	F	Y	N	S
M	Q	T	Z	A	O	S	T	F	I	F	K
E	J	S	R	A	B	N	I	L	M	X	O
T	Q	R	X	A	T	S	S	X	U	D	N
E	S	W	F	K	F	Z	E	D	R	P	T
R	F	O	R	K	A	R	Y	I	X	U	E
T	M	S	P	Y	J	U	A	U	T	O	R
F	L	A	N	K	E	E	S	U	I	S	V
G	K	E	E	P	E	R	J	L	M	E	H
W	K	H	A	T	T	R	I	C	K	C	Q

ABSEITS
ANPFIFF
ELFMETER
FLANKE
HATTRICK

KEEPER
KONTER
SIEGTOR
STRAFRAUM
ZEITLUPE

Nr. 34:

Labyrinth

Nr. 35:

Kreuzworträtsel

Waagerecht

2. Wurm, der Blut saugt
3. Nicht hier, sondern...
6. Südeuropäischer Staat
9. Bedienung im Café
10. Amerikanischer Krapfen
12. Flach positionieren
14. Anrede (Mann)

Senkrecht

1. Von jenem Zeitpunkt an
4. Flugkörper mit Rückstoßantrieb
5. Junger Pflanzentrieb
7. Postanschrift
8. Körperteil
11. Englisch für ‚Onkel'
13. Große Eingangstür
14. Ein Gebäude

Nr. 36:

Labyrinth

Nr. 37:

Wortsuchrätsel

Geburtstag

G	O	H	K	R	A	N	Z	E	H	V	O
E	K	J	S	N	W	K	A	K	A	O	E
S	T	U	T	M	R	E	R	A	L	I	T
C	F	O	D	P	A	R	T	Y	N	P	J
H	G	R	R	D	F	Z	M	L	V	U	A
E	E	B	E	T	H	E	E	D	Y	B	S
N	D	L	K	U	E	N	B	X	S	A	W
K	I	U	E	I	N	L	A	D	U	N	G
E	C	M	N	X	C	D	V	I	M	S	B
Z	H	E	N	I	I	B	E	W	I	L	R
Q	T	N	X	V	R	R	G	Z	T	G	L
K	L	X	C	W	A	J	J	W	A	B	Z

BLUMEN
EINLADUNG
FREUNDE
GEDICHT
GESCHENKE

KAKAO
KERZEN
KRANZ
PARTY
TORTE

Nr. 38:

Sudoku

					1			2
				9		5		3
			5				6	
	6			3				
					4		7	
2	3							8
		1				7		
3					2			
	4			8			9	6

Die Schüler müssen einen Aufsatz über Tiere schreiben: Nicole schreibt: Unser Hund ist klasse. Er ist der beste Hund, den es gibt. Er sucht Stöckchen, springt sehr sehr hoch und bringt uns jeden Morgen die Zeitung, obschon wir gar keine abonniert haben.

Nr. 39:

Kreuzworträtsel

Waagerecht

1. Papagei
4. Leibwache
6. Brutplatz der Vögel
7. Montagebild
8. Spielkarte
9. Hirsch am Rande der Arktis
10. Bequemes Sitzmöbel
12. Vorher, früher
13. Teil eines Buches

Senkrecht

1. Sinnesorgan
2. Badegefäß
3. Abgeholzt (Wald)
5. Maßregeln, rügen
7. Richtungsanzeiger
11. Ohne Inhalt

Nr. 40:

Wortsuchrätsel

Hunde

G	R	A	S	S	E	S	W	Z	J	I	I
E	V	D	T	S	N	C	D	E	J	W	H
H	N	K	N	O	C	H	E	N	X	R	A
O	M	D	S	P	O	W	W	B	H	F	L
R	A	N	U	S	H	A	B	B	U	A	S
C	U	V	P	W	B	N	L	K	Y	F	B
H	L	B	U	D	E	Z	P	E	H	V	A
E	K	U	R	D	L	D	I	D	I	P	N
N	O	N	H	N	L	L	E	Z	K	N	D
W	R	I	B	N	E	E	X	L	W	A	E
C	B	A	I	Z	N	S	N	A	N	P	H
H	U	A	I	Q	B	Z	K	I	Y	F	P

BELLEN
GEHORCHEN
HALSBAND
KNOCHEN
LEINE
MAULKORB
NAPF
RASSE
SCHWANZ
WEDELN

Nr. 41:

Labyrinth

Nr. 42:

Sudoku

2				9		3		
	3	5						
			7	3			9	2
				6				
				5	1			7
8						9		
					9	8	5	
	8					2		6
4	7		2					

Eine Lehrerin ließ ihre Klasse die Schöpfungsgeschichte erzählen.

Ein kleines Mädchen begann:
„Zuerst schuf Gott Adam.
Dann sah er ihn sich an und meinte:
Wenn ich es ein zweites Mal versuche, wird es bestimmt viel besser als der erste Versuch.
Und dann schuf er Eva."

Nr. 43:

Kreuzworträtsel

Waagerecht
3. Darbietung
4. Pfarrer
6. Genaue Informationen
7. Altägyptischer Königstitel
9. Ein Raum in der Wohnung
10. Männername
11. Hinterhältig, gemein
12. Nebenmeer des Atlantiks
13. Gartenblume

Senkrecht
1. Flussmündung (Nil)
2. Süafrikanischer Laufvogel
3. Gewässer
5. Italienische Nudelsorte
8. Balkonpflanze
14. Lasttier

Nr. 44:

Sudoku

	5							
		7		4		1	5	
			7	3		8		
						4		
1	2				6			5
3							9	
			4					1
2	9					7		6
					3			

Erdkunde-Unterricht:
„Wer kann mir auf dem Globus zeigen, wo Amerika liegt?" fragt der Lehrer.

Carsten meldet sich und zeigt mit dem Finger auf den amerikanischen Kontinent. „Und wer kann mir sagen, wer Amerika entdeckt hat?"

Die ganze Klasse ruft: „Carsten!"

Nr. 45:

Wortsuchrätsel

Autoteile

S	P	M	N	U	H	R	F	C	Z	C	R
I	C	C	B	T	N	K	S	R	S	R	U
H	S	H	H	R	L	B	X	H	U	P	E
E	M	R	E	S	E	R	V	E	R	A	D
N	A	O	I	I	I	M	O	T	O	R	L
R	E	I	F	E	N	T	S	O	E	N	K
A	T	M	R	N	X	W	Z	E	Q	C	M
D	E	D	K	B	M	O	E	E	N	E	W
I	L	Y	B	L	A	H	R	R	A	I	D
O	R	R	I	W	F	G	T	X	F	K	G
G	K	E	E	F	H	Z	R	B	A	E	D
H	N	T	A	C	H	O	M	E	T	E	R

AIRBAG
BREMSEN
HUPE

MOTOR
RADIO
REIFEN
RESERVERAD
SCHEINWERFER
SITZE
TACHOMETER

Nr. 46:

Labyrinth

Nr. 47:

Kreuzworträtsel

Waagerecht

1. Schmaler Fußweg
3. Ärmellose Jacke
6. Göttin der Morgenröte
8. Nach oben
9. Seifenwasser
10. Bestleistung
11. Softwarenutzer
13. Anstreicher

Senkrecht

2. Krähenvogel
4. Teil der Gitarre
5. Ein Wappentier
6. Schwung
7. Bunter Tropenvogel
9. Kletterpapagei
12. Reihe

Nr. 48:

Wortsuchrätsel

Kleidung

H	N	A	G	H	U	O	A	D	H	V	U
E	I	H	U	N	I	W	D	S	S	F	H
M	K	R	A	W	A	T	T	E	H	N	N
D	V	Y	B	J	Z	L	Y	D	F	N	P
O	L	U	F	P	E	O	S	J	M	H	E
F	S	W	O	U	A	A	E	J	T	N	A
S	C	H	A	L	K	N	N	M	C	D	X
H	O	O	A	L	J	B	Z	S	N	Q	O
Y	E	C	C	O	R	A	L	U	P	E	W
B	G	K	K	V	Z	O	C	U	G	W	D
V	S	U	R	E	X	Q	C	K	S	R	V
Y	E	E	J	R	N	F	T	K	E	E	W

ANZUG
BLUSE
HEMD
JACKE
JEANS

KRAWATTE
ROCK
PULLOVER
SCHAL
SOCKEN

Nr. 49:

Sudoku

			4	3			5	
				2		9	3	
		6	8		1			
	1			5		4		
			9					
	7				8			
5			6	1	3			7
	9			8				
							2	

„Heute hab ich alles über die Entfernung des Mondes gelernt", erklärt Paula auf dem Nachhauseweg einer Freundin aus einer anderen Klasse. „Toll", sagt das andere Mädchen, „und wie entfernt man ihn?"

„Du kommst heute schon wieder so spät in die Schule. Hast Du keinen Wecker?"
„Doch, aber wenn er klingelt schlafe ich noch."

Nr. 50:

Kreuzworträtsel

Waagerecht

2. Tunwort
3. Von geringem Gewicht
6. Futterstelle für Vögel
10. Einer der Unterarmknochen
11. Großer Raum
13. Als Bodenbelag und Wandbekleidung genutzte Platte
15. Briefanrede für eine Frau

Senkrecht

1. Ein Neffe von Donald Duck
4. Gerät zur Geschwindigkeitsmessung
5. Handwerker
7. Viehfutter
8. Abkürzung für ‚Pferdestärke'
9. Pflanze, die häufig im Strauß überreicht wird
12. Lehre der Folgerichtigkeit
14. Gelingen

Nr. 51:

Labyrinth

Nr. 52:

Sudoku

	9				4	2		
	6			8	2			3
						4	6	
								4
	2	4		3	5			
		5		7				
		7				6	5	
	1			9				
			3					2

Eine ganze Stunde lang hat der Religionslehrer über das Laster gesprochen. Um sich zu überzeugen, dass man ihn verstanden hat, ruft er Ina an die Tafel. Diese erklärt stolz: „Ein Laster ist ein großes Fahrzeug, das man mit Sand und Kies beladen kann."

Fragt der Lehrer: „Was ist die Vergangenheitsform von ‚der Mensch denkt und Gott lenkt'?"
Darauf ein Schüler:
„Der Mensch dachte und Gott lachte!"

Nr. 53:

Wortsuchrätsel

Auf dem Bauernhof

D	K	M	B	P	B	M	Z	W	G	Z	P
E	Q	E	P	K	B	T	S	A	R	T	N
F	R	I	E	N	D	L	Y	G	O	H	P
Z	H	T	L	B	Q	V	N	G	W	E	V
U	E	J	A	E	L	T	X	I	L	P	B
P	J	R	B	S	A	I	D	N	U	F	Z
M	K	T	K	O	Y	S	A	G	T	O	I
P	F	L	K	P	N	K	H	T	N	F	I
Z	A	Y	P	N	B	E	K	I	V	B	Q
W	X	U	I	S	J	B	S	F	I	C	M
L	P	U	S	V	V	I	D	V	N	N	D
F	I	N	W	C	V	R	X	W	E	C	I

AUFZUCHT
FERKEL
HENGST
KATZE
MILCHKUH
MISTHAUFEN
SCHWEIN

STALL
WEIZEN
ZIEGE

Nr. 54:

Labyrinth

Nr. 55:

Kreuzworträtsel

Waagerecht

3. Kugelförmiges Spielzeug
4. Eine Farbe
5. Disziplin in der Leichtathletik
9. Eines der zwölf Sternzeichen
11. Spanisches Nationalgericht
14. Unter anderem in Schottland beliebtes Musikinstrument
15. Bergweide

Senkrecht

1. Persönlicher Jahrestag
2. Teil eines Baumes
6. Obstbrei
7. Selten
8. Große Insel vor der Ostküste Afrikas
10. Blass
12. Hauptstadt von Tunesien
13. Argentinischer Fußballspieler (Vorname: Lionel)

Nr. 56:

Labyrinth

Nr. 57:

Wortsuchrätsel

Musikinstrumente

L	V	Q	T	R	O	M	P	E	T	E	L
S	B	M	I	G	F	Q	L	S	W	M	P
W	N	C	V	C	E	H	W	E	J	Y	L
C	B	R	K	P	T	J	T	Y	E	L	Z
G	E	K	L	A	R	I	N	E	T	T	E
I	L	L	G	P	O	S	A	U	N	E	F
T	T	A	L	B	M	I	G	V	V	Z	A
A	P	V	H	O	M	T	K	N	T	F	T
R	A	I	A	T	E	J	M	R	C	L	Q
R	U	E	R	Y	L	F	A	D	B	K	O
E	K	R	F	E	K	Z	H	T	H	T	D
P	E	G	E	I	G	E	U	H	C	R	W

CELLO
GEIGE
GITARRE
HARFE
KLARINETTE
KLAVIER
PAUKE
POSAUNE
TROMMEL
TROMPETE

Nr. 58:

Sudoku

	2			1				3
		3	2		4		9	1
				5		6		9
	5		1					
					9	8		
7		4			3			
		9		6		2		
			7				8	

Das Schulleben in Filmtiteln geschrieben:

Schule: Zur Hölle und zurück

Lehrer: Der Mann der zu viel wusste

Abschreiben: Schmutziger Lorbeer

Zeugnis: Auch Helden können weinen

Ferien: Endstation Sehnsucht

Nr. 59:

Kreuzworträtsel

Waagerecht

2. Alkoholisches Getränk
6. Pause
7. Handwerklicher Beruf
8. Englisches Wort für Post
9. Science-Fiction-Zeichentrickserie
12. Meeressäugetier
13. Anderes Wort für ‚Tresor‘

Senkrecht

1. Tafelzubehör
3. Biblischer Vorname
4. Gut in Form
5. Kleidungsstück aus Tierhaut
6. Südamerikanischer Tanz
7. Zustand
10. Europäisches Land
11. Kurzwort für ‚Deodorant‘

Nr. 60:

Wortsuchrätsel

Italien

R	W	T	C	K	R	H	M	A	S	S	A
Z	O	G	O	H	L	M	G	R	K	P	O
E	G	M	O	S	I	U	O	Z	Q	A	P
K	Q	P	O	R	K	A	B	E	U	G	C
Y	R	E	I	R	G	A	N	Q	N	H	T
Y	C	E	N	Z	T	O	N	T	N	E	B
T	U	F	O	G	Z	A	N	A	I	T	Z
Y	W	R	C	R	K	A	D	Z	A	T	H
R	Z	A	B	A	I	O	N	E	O	I	S
P	V	Y	H	P	P	T	N	W	L	L	V
E	V	C	T	P	I	R	N	F	D	L	A
W	B	A	O	A	B	Z	I	K	B	Q	A

CAPRI
CHIANTI
GORGONZOLA
GRAPPA
MORTADELLA

PIZZA
ROM
SPAGHETTI
TOSKANA
ZABAIONE

Nr. 61:

Labyrinth

Nr. 62:

Sudoku

				8				
2							7	
	5					9		8
		7	5					9
		4	9				3	
		1	2					7
		5						
	8			6		2		
	4			7			1	

„Wer kann mir sagen, woher die kleinen Babys kommen?" fragt die Lehrerin in der ersten Klasse. Benjamin meint: „Vom Klapperstorch!" „Schön", sagt die Lehrerin, „wer hat eine weitere Erklärung?" Andreas: „Mein Brüderchen hat das Christkind gebracht!" „Gut! Und Sascha, was meinst du?" „Ach, Herr Lehrer, wir sind einfache Leute. Bei uns muss der Vater alles alleine machen."

Nr. 63:

Kreuzworträtsel

Waagerecht

2. Lotterie-Teilnahmeschein
4. Himmelsrichtung
7. weiblicher Vorname
10. Zeitmessgerät
11. Achtungswürdigkeit
13. Italienische Kinderbuchfigur
14. Anderes Wort für ‚Speichel'
15. Fechtwaffe

Senkrecht

1. Lehre vom Aufbau des Körpers
3. Unterhaltsame Veranstaltung
5. Anderes Wort für ‚Mannschaft'
6. Mut
8. Leumund
9. Ein Inseleuropäer
12. Eine Blumenart

Nr. 64:

Sudoku

9				6	7	4		
			2			5		
		8		9				6
2			3	7			8	
	1							
							9	
	9			3				
6		1			8			
7	5						1	

Zu Hause fragt der Vater: „Und, was macht die Schule?" „Alles in Butter." „Und wie stehts mit deinem Lehrer?" „Super. Der ist übrigens unheimlich neidisch auf dich." „Ach, red keinen Quatsch, Junge." „Doch Papa! Jeden Tag sagt er: ‚Junge, Junge, dein Vater möchte ich sein!'"

Nr. 65:

Wortsuchrätsel

Edelsteine

T	G	S	R	X	R	B	N	X	S	M	U
Q	S	S	O	C	G	E	N	R	T	A	L
T	G	S	P	T	I	R	Z	S	W	U	A
R	M	N	A	I	E	G	J	A	D	E	P
G	U	O	L	P	N	K	D	O	T	W	I
Z	T	B	N	N	H	R	X	B	B	J	S
G	W	O	I	D	T	I	S	E	S	U	L
S	R	N	P	N	S	S	R	X	J	Z	A
D	I	A	M	A	N	T	A	R	F	I	Z
G	L	O	N	W	S	A	E	D	Z	Y	U
Q	M	E	W	A	F	L	R	I	S	T	L
A	U	K	Q	N	T	L	L	I	N	M	I

BERGKRISTALL
DIAMANT
GRANAT
JADE
LAPISLAZULI

MONDSTEIN
OPAL
RUBIN
SAPHIR
TOPAS

Nr. 66:

Labyrinth

Nr. 67:

Kreuzworträtsel

Waagerecht
1. Eine Automarke
5. Bildender Künstler
7. Schulfach
11. Geometrischer Körper
12. Weibliches Pferd
13. Amerikanische Popsängerin (Lady...)
15. Russischer Vorname

Senkrecht
2. Anweisung
3. Ziehmutter
4. Umgangssprachlich für ‚leeres Gerede'
6. Nördlichster US-Bundesstaat
8. Türkische Anrede
9. Spion
10. Vorderteil eines Schiffs
14. Chinesiche Pfanne

Nr. 68

Wortsuchrätsel

Früchte

E	Y	M	A	P	R	I	K	O	S	E	H
R	F	P	I	S	T	A	Z	I	E	K	H
N	T	D	N	R	V	R	F	Y	T	I	Z
Q	C	P	H	S	A	D	A	K	V	R	I
E	T	I	K	J	P	B	X	T	U	S	T
W	H	S	K	L	F	Y	E	W	T	C	R
K	W	Z	U	H	L	Y	L	L	K	H	O
W	R	N	Q	I	A	L	W	N	L	E	N
H	A	G	E	B	U	T	T	E	M	E	E
W	G	D	H	G	M	Y	B	I	R	N	E
J	H	E	I	D	E	L	B	E	E	R	E
C	A	M	P	F	I	R	S	I	C	H	I

APRIKOSE
BIRNE
HAGEBUTTE
HEIDELBEERE
KIRSCHE

MIRABELLE
PFIRSICH
PFLAUME
PISTAZIE
ZITRONE

Nr. 69:

Sudoku

	5		1	6				
	7		9				8	
8								
						4	3	
						8		6
2				5			1	
	1				9			
			8		3			5
9	4		7					

„Alexander! Deine Eltern haben mich gestern besucht. Sie haben sich sehr über dich beklagt", tadelt der Lehrer einen seiner Schüler. „Wegen dir haben sie schlaflose Nächte!" „Das kann nicht sein", entgegnet der Schüler, „ich bin ja nachts nie zu Hause."

Nr. 70:

Kreuzworträtsel

Waagerecht

3. Dickflüssiger, zuckerhaltiger Saft
8. Büro des Schulleiters
9. Monatsname
11. Wasserweg
12. Figur bei Karl May
14. Englisches Wort für ‚Trainer'

Senkrecht

1. Gerät zur Computerbedienung
2. Aufsicht
4. Labyrinth
5. Detektivbüro
6. Kleinster Kontinent
7. Keimzelle
9. Beifall
10. Hauptstadt von Italien
13. Biblischer Erbauer einer Arche

Nr. 71:

Labyrinth

Nr. 72:

Sudoku

	2				8			
			6		3			
	1							
	5		7	2				
6						1		
	3						4	
		7	8				6	2
4					5		8	
						7	3	

Klassenfahrt. Der Lehrer erwischt seine Schüler beim Alkoholkonsum. Im Schrank steht eine Batterie leerer Flaschen. „Habt ihr die gekauft?" schreit der Lehrer. „Ne, wir kaufen doch keine leeren Flaschen!"

Nr. 73:

Wortsuchrätsel

Flüsse Europas

D	R	V	L	E	B	N	I	R	F	I	T
D	K	S	U	L	G	R	H	E	I	N	G
O	T	A	A	O	F	G	H	G	C	R	O
N	D	T	Z	D	S	R	N	O	C	A	J
A	R	W	H	T	P	E	U	V	N	U	Q
U	T	E	S	E	B	I	I	V	N	E	U
O	W	S	N	I	M	S	S	N	V	C	P
P	W	E	L	B	E	S	K	A	E	F	F
T	J	R	D	T	I	B	E	R	R	U	T
H	U	X	P	N	W	O	L	G	A	E	Y
J	H	S	T	J	Q	R	P	N	F	D	Z
V	U	W	K	H	I	V	Q	B	G	Z	Y

DONAU
ELBE
ISAR
RHEIN
RHONE

SEINE
THEMSE
TIBER
WESER
WOLGA

Nr. 74:

Labyrinth

Nr. 75:

Kreuzworträtsel

Waagerecht

2. Wolllieferant
4. Großstadt in Niedersachsen
8. Vorbild
10. Anderes Wort für ‚Schurke'
11. Anderes Wort für ‚Bücherei'
14. Ein Lotteriespiel
15. Bär aus dem Dschungelbuch

Senkrecht

1. Fluss durch London
3. Wassersportart
5. Eine Hunderasse
6. Gebäude zur Unterbringung von Fahrzeugen
7. Längere Fahrt
9. Amerikanische Automarke
12. Öffentliches Verkehrsmittel
13. Römischer Gott

Nr. 76:

Labyrinth

Nr. 77:

Wortsuchrätsel

Schule

B	M	B	A	P	S	H	U	K	O	D	X
N	P	P	I	Q	C	I	T	B	T	K	B
A	R	T	A	F	E	L	A	B	L	V	R
C	H	A	U	S	A	U	F	G	A	B	E
H	E	S	U	A	S	P	Z	A	R	P	C
H	I	D	L	Z	U	L	E	U	J	A	H
I	K	R	E	I	D	E	N	E	Y	U	N
L	Y	L	H	U	V	R	S	S	H	S	E
F	Y	E	R	I	T	N	U	K	F	E	N
E	H	S	E	I	D	S	R	M	H	A	L
I	B	E	R	T	U	K	C	I	G	Q	K
H	U	N	A	M	C	Z	K	H	N	S	N

DEUTSCH
HAUSAUFGABE
KREIDE
LEHRER
LESEN

NACHHILFE
PAUSE
RECHNEN
TAFEL
ZENSUR

Nr. 78:

Sudoku

		9					4	7
1				2		6		
		3		5				
8					2			9
	1				5			
3		5	7					6
5								
2	7				8			
	9		6			8		

Lehrer: „Der Briefträger läuft 12 km/h und der Dackel 16 km/h, die Entfernung beträgt 50m. Wann überholt der Dackel den Briefträger? Lösen sie das Problem zeichnerisch."

Schüler:
„Ich kann aber keinen Dackel zeichnen..."

Nr. 79:

Kreuzworträtsel

Waagerecht

2. Berühmter Dschungelbewohner
4. Durch Erdbeben hervorgerufene Flutwelle
5. Hauptstadt von Spanien
7. Bestimmter Raum in einer Wohung oder in einem Haus
8. Australischer Beutelbär
10. Ein Laubbaum
11. Große Wespenart
12. Eng anliegende Hosen
14. Mögliches Ergebnis bei der Wundheilung

Senkrecht

1. Indianerwaffe zum Pusten
3. Englisches Wort für Entführung
6. An der Tankstelle erhältlicher Kraftstoff
8. Neuseeländischer Vogel und vitaminreiche Frucht
9. Männlicher Vorname
13. Das Gegenteil von ‚Empfänger'

Nr. 80:

Wortsuchrätsel

Gemüse

S	K	E	B	Y	N	C	S	C	B	D	T
P	P	O	F	E	N	C	H	E	L	K	G
V	A	I	H	P	U	T	S	U	U	A	Y
P	P	Q	N	L	N	O	U	M	M	R	X
Z	R	X	B	A	R	M	J	D	E	T	D
W	I	T	N	N	T	A	Z	W	N	O	C
I	K	S	U	Y	O	T	B	Q	K	F	U
E	A	H	M	I	W	E	D	I	O	F	Z
B	N	R	A	D	I	E	S	C	H	E	N
E	R	O	S	E	N	K	O	H	L	L	D
L	U	K	A	E	Q	W	H	A	N	O	B
J	F	B	C	Y	V	N	P	U	E	L	O

BLUMENKOHL
FENCHEL
KARTOFFEL
KOHLRABI
PAPRIKA

RADIESCHEN
ROSENKOHL
SPINAT
TOMATE
ZWIEBEL

Nr. 81:

Labyrinth

Nr. 82:

Sudoku

8	9							
	1	3			4			
2						8	5	
	3	4						9
		6			1			
		9	4				1	
					5	6		
			8	4			2	
						5		3

Ein Achtjähriger wird vom Lehrer gefragt, was er mal werden möchte. „Nichts," antwortet er. „Ich heirate die Oma, dann hab ich gleich die Rente."

Opa: „Na, wie gefällt es dir in der Schule?"
Mischa: „Eigentlich recht gut, aber irgendwie schade, dass unser Lehrer so wenig weiß. Andauernd stellt er Fragen."

Nr. 83:

Kreuzworträtsel

Waagerecht

3. Beliebtes Spielzeug aus Dänemark
5. Jahreszeit
6. Für Kinder angelegter Ort mit Spielgeräten
9. Weibliche Verwandte
12. Utensil zur Haarpflege
13. Englisches Wort für die Eingabe-Taste auf einer Tastatur
15. Gesungenes Musikstück

Senkrecht

1. Staat im Nahen Osten
2. Monatsname
4. Nicht aktiv, sondern...
7. Triathlon-Langstrecken-wettbewerb
8. Eine Vogelart
10. Notsignal
11. Der Sohn des Sohnes oder der Tochter
14. Ende des Lebens

Nr. 84:

Sudoku

2						8		
	3							2
			1			6		
			9		5			
		1			7			8
		7					9	
	2	3						
6				8	1	3		
9					4		7	5

Junglehrer Schulze fragt seine Flamme: „Willst Du mich heiraten?"
Sie haucht beglückt: „Ja."
Er: „Antworte bitte mit einem ganzen Satz."

Lehrer: „Roland! Wie kommt es, dass dein Aufsatz über eure Katze identisch mit dem deines Bruders ist?"
Schüler: „Ganz einfach, Herr Lehrer, wir haben nur eine Katze zu Hause."

Nr. 85:

Wortsuchrätsel

Beim Camping

L	V	H	E	G	G	M	A	T	D	E	H
I	U	O	W	O	H	N	W	A	G	E	N
Z	S	F	R	H	N	J	I	S	Y	C	A
E	U	O	T	Z	E	R	M	C	L	A	V
L	N	A	M	M	E	R	W	H	M	R	H
T	G	M	L	A	A	L	I	E	V	A	O
P	R	U	G	P	T	T	T	N	N	V	T
L	I	F	B	G	C	T	R	L	G	A	Q
A	L	F	I	I	W	M	E	A	C	N	T
T	L	R	W	B	I	G	N	M	T	N	F
Z	Q	P	A	V	U	R	N	P	I	Z	Q
F	H	V	K	U	H	Y	R	E	U	V	E

BIWAK
CARAVAN
GRILL
HERING
ISOMATTE

LUFTMATRATZE
TASCHENLAMPE
VORZELT
WOHNWAGEN
ZELTPLATZ

Nr. 86:

Labyrinth

Nr. 87:

Kreuzworträtsel

Waagerecht
1. Mittel zum Kleben oder Abdichten
2. Beingelenk
5. Gefäß zum Aufstellen von Blumen
8. Anderes Wort für ‚Bildschirm'
9. Anlage zum Kegeln
10. Japanischer Kampfsport
11. falsche Annahme
13. Südamerikanische Kamelart
14. Englisch für ‚oder'

Senkrecht
1. Nordamerikanisches Land
3. Indianerboot
4. Deutsches Bundesland (Hauptstadt: Wiesbaden)
6. Genau
7. Druide im Dorf des Asterix
12. Sonnenschutz an Fenstern und Glastüren

Nr. 88:

Wortsuchrätsel

Kosmetik

P	R	O	U	G	E	A	C	F	U	H	E
B	I	H	C	B	D	V	X	N	A	N	A
I	B	V	A	S	U	I	S	P	R	A	Y
Z	A	H	J	H	S	V	H	Y	U	G	A
Z	L	I	D	S	C	H	A	T	T	E	N
A	S	I	A	J	H	Q	M	A	S	L	M
U	A	P	G	C	G	I	P	J	W	P	C
X	M	U	A	I	E	K	O	P	D	F	D
E	I	D	D	R	L	A	O	S	B	L	L
A	Y	E	S	C	H	M	I	N	K	E	H
H	J	R	G	Y	Q	M	I	V	L	G	Q
M	G	Z	Q	H	N	Y	E	F	H	E	H

BALSAM
DUSCHGEL
KAMM
LIDSCHATTEN
NAGELPFLEGE
PUDER
ROUGE

SCHMINKE
SHAMPOO
SPRAY

Nr. 89:

Sudoku

6	7							
			4	6		2	8	
4								3
					5			
	1			3	2			
	5				7	6	9	8
	6	8						
			9	7				
						1		9

„Was halten Sie als Lehrer davon, dass immer jüngere Schülerinnen sich schminken?" „Das ist schon in Ordnung, die heulen wenigstens nicht, wenn man schlechte Noten verteilt."

Lehrer: „Welcher Vogel baut kein Nest?"
Schülerin: „Der Kuckuck."
Lehrer: „Und warum nicht?"
Schülerin: „Na, weil er in einer Uhr wohnt."

Nr. 90:

Kreuzworträtsel

Waagerecht

3. Kurzform für ‚Aluminium'
4. Nicht gekocht
7. Von Gewässer umgebene Landmasse
8. Ein Haustier, das meckert
10. Feuer im Freien
11. Teil des Gesichts
13. In Kürze

Senkrecht

1. In gleicher Richtung
2. Reproduktion
5. Pferdereiter
6. Bevölkerungsreiches Land in Asien
7. gegen Krankheiten immunisieren
9. Abwarten können
12. Abkürzung für ‚Short Message Service'
13. Anderes Wort für ‚Junge'

Nr. 91:

Labyrinth

Nr. 92:

Sudoku

			9					
				5		3		9
7			2			5		8
6					2			
			3				1	
	4	7						6
	8	5		1	9			
9					7			
					5	2		

Der Klassenlehrer beschimpft wütend Fritzchen: „Das ist heute das fünfte Mal in dieser Woche, dass du zu spät kommst. Was hast du dazu zu sagen?"

„Es wird diese Woche bestimmt nicht mehr vorkommen."

Nr. 93:

Wortsuchrätsel

Im Büro

J	T	D	R	E	H	S	T	U	H	L	N
Y	E	C	Z	N	Y	C	U	J	T	Q	L
B	X	O	L	O	C	H	E	R	V	Z	G
L	T	M	A	U	U	R	S	U	R	Z	D
E	M	P	A	P	I	E	R	K	O	R	B
I	A	U	A	F	X	I	K	G	T	A	T
S	R	T	N	A	W	B	J	C	S	V	E
T	K	E	F	B	H	T	A	C	T	Z	L
I	E	R	S	L	R	I	S	W	I	P	E
F	R	R	N	A	G	S	I	R	F	W	F
T	U	F	G	G	Q	C	N	B	T	S	O
F	I	Y	O	E	F	H	G	Z	G	Q	N

ABLAGE
BLEISTIFT
COMPUTER
DREHSTUHL
LOCHER
PAPIERKORB
ROTSTIFT
SCHREIBTISCH
TELEFON
TEXTMARKER

Nr. 94:

Labyrinth

Nr. 95:

Kreuzworträtsel

Waagerecht
1. Adelstitel
6. Deutscher Komiker (Vorname: Hape)
7. Großes Meer
11. Schlechter Traum
12. Spanischer Maler (Vorname: Pablo)
14. Anderes Wort für ‚Morgenland'

Senkrecht
2. Baumbewohner
3. Erhebung im Gelände
4. Englisches Wort für ‚Ereignis'
5. Heim für elternlose Kinder
8. Gerät zum Senden und Empfangen
9. Laut Bibel der erste Mensch
10. Ein Laubbaum
13. Ein Kuchengewürz
15. Fluss durch Innsbruck

Nr. 96:

Labyrinth

Nr. 97:

Wortsuchrätsel

Farben

L	J	D	F	N	N	I	A	I	Q	A	T
B	L	A	U	G	R	A	U	W	G	R	N
Z	I	T	R	O	N	E	N	G	E	L	B
R	L	A	C	H	S	F	A	R	B	E	N
Z	D	V	W	G	R	E	O	L	I	D	N
D	U	L	R	O	E	F	P	T	I	O	E
A	I	K	D	L	X	K	R	I	S	L	O
B	F	Q	Q	D	O	O	L	Z	A	E	A
O	R	A	N	G	E	J	H	Y	G	D	Z
J	L	C	W	E	I	N	R	O	T	V	U
K	R	K	C	L	J	F	T	P	F	E	R
M	I	M	E	B	E	K	H	A	K	I	X

AZUR
BLAUGRAU
GOLDGELB
KHAKI
LACHSFARBEN

LILA
ORANGE
SEPIA
WEINROT
ZITRONENGELB

Nr. 98:

Sudoku

	9	1	7					3
						6		7
		8			5			
			3	8		2		
		6						
2	4	5						6
		7						
			2	5	1	9		
				4			5	

Sagt der Lehrer: „Wenn die Herrschaften in der dritten Reihe etwas leiser sein würden so wie die Comicleser in der mittleren Reihe, dann könnten die Schüler in der ersten Reihe ungestört weiterschlafen!"

Nr. 99:

Kreuzworträtsel

Waagerecht

1. Wortgefüge
4. Eine Käsesorte
5. Gerät, das auf den meisten Spielplätzen zu finden ist
7. Speicher für elektrische Energie
10. Schul-und arbeitsfreier Tag
11. Seil
13. Land in Mittelamerika

Senkrecht

1. Indianerfrau
2. Blumenart
3. Wüstenbewohner
6. Englische Anrede
8. Koreanischer Kampfsport
9. Lautes Signalgerät
12. Frucht des Olivenbaums
13. Planet in unserem Sonnensystem

Nr. 100:

Wortsuchrätsel

Märchen

A	S	H	M	C	R	I	E	S	E	D	H
R	L	I	A	N	T	O	H	E	X	E	N
L	E	A	Z	U	I	E	D	F	K	F	Q
T	N	S	D	R	A	C	H	E	N	R	D
A	I	Y	T	I	B	E	W	B	X	O	R
K	I	K	Z	N	N	U	B	A	U	S	E
A	G	W	E	A	T	E	P	P	I	C	H
T	E	R	K	W	U	C	Z	J	P	H	X
Z	L	N	E	H	E	B	Y	O	L	I	I
E	Q	M	M	T	Y	I	E	U	K	I	O
Q	T	W	W	O	E	O	U	R	F	Y	E
M	M	U	W	H	C	L	H	E	N	M	L

ALADIN
DRACHEN
FROSCH
GRETEL
HEXE

IGEL
KATZE
RIESE
TEPPICH
ZAUBERN

Nr. 101:

Labyrinth

Nr. 102:

Sudoku

2	1			4			8	9
			9					6
		9	2		8			4
5	3	7						
							7	
	2			3				
8					1		4	
				8	6		1	

In der Geographiestunde fragt der Lehrer die Schüler:

„Wenn ich im Schulhof ein tiefes Loch grabe, wo komme ich dann hin?"

Ein Schüler antwortet: „Ins Irrenhaus!"

Nr. 103:

Kreuzworträtsel

Waagerecht

3. Flach, zusammengedrückt
6. Nachdenken
7. Sich beliebt machen wollen
12. Erster Bartwuchs
13. Zahlwort
14. Hülsenfrucht

Senkrecht

1. Disneytierfigur: ... und Strolch
2. Unterichtsübersicht
4. Zugmaschine (Kurzform)
5. Fahrrad für zwei Pers.
8. Dateneingabe in den Computer
9. Gewässerrand
10. Zur Körperreinigung im Wasser liegen
11. Adliger im Mittelalter
15. Schräglage, Neigung

Nr. 104:

Sudoku

				1				9
					6			3
7					9			
8			4	5		7		
		1						
	9				2	1		8
	1					2	5	
3	2							1
5		7						

Lehrer zum Schüler: „Sag deinem Großvater, er soll morgen zu mir in die Schule kommen."

„Nicht mein Vater?"

„Nein, ich möchte deinem Großvater zeigen, wie viele Fehler sein Sohn in deiner Hausaufgabe gemacht hat."

Nr. 105:

Wortsuchrätsel

Hochzeit

N	H	R	T	R	A	U	Z	E	U	G	E
V	P	O	K	F	M	X	B	B	Q	Q	I
E	L	O	C	U	W	K	S	K	B	L	N
H	U	S	L	C	T	P	H	I	Z	C	L
E	D	H	S	T	D	S	I	R	G	R	A
R	Y	T	Y	C	E	I	C	C	R	A	D
I	W	B	R	Y	H	R	I	H	U	F	U
N	M	R	P	W	U	L	A	E	E	K	N
G	A	A	A	U	F	G	E	B	O	T	G
D	N	U	W	G	M	N	J	I	E	H	W
G	K	T	M	T	K	T	U	P	E	N	F
S	T	A	N	D	E	S	A	M	T	R	D

AUFGEBOT
BRAUT
EHERING
EINLADUNG
KIRCHE
KUTSCHE
POLTERABEND

SCHLEIER
STANDESAMT
TRAUZEUGE

Nr. 106:

Labyrinth

Nr. 107:

Kreuzworträtsel

Waagerecht

1. Bezeichnung für kleinere Ortschaft
4. Eine Vogelart
6. Sitzmöbel
9. Ständiger Begleiter des Planeten Erde
10. Modische Farbe
12. Teil des Gesichts
14. Cowboy-Wettkampf

Senkrecht

2. Pflanzenwelt
3. Zwergvolk in der germanischen Sage
5. Krankheitsauslöser
7. An ein Gewässer anschließende Fläche
8. Gewürzpflanze, aus der früher auch Kränze geflochten wurden
11. Einfall
12. Dringlich
13. Gefallsüchtig

Nr. 108:

Wortsuchrätsel

Süßigkeiten

C	X	L	M	A	R	Z	I	P	A	N	V
A	E	E	K	R	D	K	T	H	R	I	Z
N	Y	B	D	O	U	L	E	O	D	M	U
T	M	K	X	H	N	W	Z	K	R	H	C
K	U	U	E	N	I	F	U	E	S	T	K
U	H	C	O	L	P	D	E	W	Y	P	E
E	C	H	P	O	O	R	A	K	I	Q	R
Q	P	E	R	V	M	L	A	Q	T	F	W
J	Z	N	T	Y	U	U	L	L	Q	N	A
G	U	E	Y	N	H	Q	I	I	I	D	T
U	J	P	O	P	C	O	R	N	J	N	T
O	R	S	C	H	O	K	O	L	A	D	E

KEKS
KONFEKT
LEBKUCHEN
LOLLI
MARZIPAN
POPCORN
PRALINE

SCHOKOLADE
TORTE
ZUCKERWATTE

Nr. 109:

Sudoku

		6	1					5
	9			3		2		
				4				1
3		7						6
		5		9		1		
			6	1				
	8							
			5					4
		4			7		3	

Vater: „Das schönste Geburtstagsgeschenk für mich wäre, wenn du endlich ein guter Schüler würdest." Sohn: „Zu spät. Ich habe dir dein Geburtstagsgeschenk schon gekauft."

„Herr Lehrer, warum habe ich in Mathe eine 6 bekommen?" - „Weil es leider noch keine 7 gibt!"

Nr. 110:

Kreuzworträtsel

Waagerecht

4. Großstadt in Süditalien
6. Anderes Wort für ‚Großvater'
7. Fußballspieler zielen darauf
9. Großes Internet-Auktionshaus
11. Wunsch nach Kenntnis
13. Wissenschaft von den Elementen
15. Biegsamer Zweig

Senkrecht

1. Deutsche politische Partei
2. Deutsche Großstadt mit berühmten Münster
3. Nach einem ausgestorbenen Tier benannte Baumart
5. Anschrift
8. Kurzform von ‚Oliver'
10. Land in Vorderasien. Hauptstadt: Teheran
12. Rückstand bei der Verbrennung
14. Schneehaus

Nr. III:

Labyrinth

Lehrerin „Wenn ich sage:
‚ich bin krank' –
was ist das für eine Zeit?"
Max „Eine sehr schöne Zeit!"

Nr. 112:

Sudoku

8					1	5		
	3	9		8				1
				5		4		
		1			9			
3				7			9	
		7	4			2		
9					8			
	6		7	1				

„Dein Geschichtsaufsatz ist wirklich sehr gut. Hast du ihn auch allein gemacht?"

„Ja, Herr Lehrer! Bloß bei der Ermordung von Julius Cäsar hat mir mein großer Bruder etwas geholfen."

Nr. 113:

Wortsuchrätsel

Europäische Städte

D	F	K	R	I	M	A	I	L	A	N	D
S	P	M	O	S	K	A	U	J	L	H	P
R	X	U	A	P	T	H	A	I	B	J	R
A	H	B	V	V	E	G	G	R	V	G	P
A	B	E	R	L	I	N	C	M	H	W	U
C	J	W	A	R	S	C	H	A	U	V	A
S	Z	I	Y	L	I	S	S	A	B	O	N
X	B	X	P	N	Y	S	C	Z	G	R	D
R	A	L	O	N	D	O	N	W	I	E	N
G	S	R	B	U	G	H	F	V	N	A	N
N	E	P	B	A	R	C	E	L	O	N	A
G	L	G	W	F	H	D	U	B	L	I	N

BARCELONA
BASEL
BERLIN
DUBLIN
KOPENHAGEN
LISSABON

LONDON
MAILAND
MOSKAU
WARSCHAU
WIEN

Nr. 114:

Labyrinth

Nr. 115:

Kreuzworträtsel

Waagerecht

3. Lebenswichtiger Wirkstoff
5. Aufhören
7. Entwendung, Diebstahl
8. Landwirt
9. Jagderfolg
10. Schürfwunde, Schramme
14. Vorher, früher
15. Traubenernte

Senkrecht

1. Verfallenes Bauwerk
2. Schlichtes Trinkgefäß
4. Bodenvertiefung
6. Nachrichtenbüro
11. Hinreise
12. Salatpflanze
13. Nicht diese

Nr. 116:

Labyrinth

Nr. 117:

Wortsuchrätsel

Im Schwimmbad

K	V	B	I	K	I	N	I	A	S	A	E
S	S	T	A	R	T	B	L	O	C	K	R
B	P	I	P	F	W	M	H	X	D	E	H
R	Y	R	H	L	T	A	U	C	H	E	N
D	D	C	U	S	A	D	S	K	D	D	T
U	S	S	R	N	W	N	T	S	Y	L	P
S	K	G	U	A	G	C	S	E	E	A	S
C	O	D	T	C	N	B	X	C	I	R	N
H	K	Z	S	U	S	X	R	B	H	L	Z
E	D	P	C	Z	D	R	U	E	G	E	H
I	B	C	H	L	O	R	O	S	T	C	N
B	A	D	E	H	O	S	E	E	P	T	S

BADEHOSE
BIKINI
CHLOR
DUSCHE
PLANSCHEN
RUTSCHE

SPRUNGBRETT
STARTBLOCK
TAUCHEN
WASSER

Nr. 118:

Sudoku

			8		5			
3		8		7			2	
		1						
		9	3	2	8		7	
					4		3	6
			7					
	4			8	7		9	
	9	2	6				1	
8		7		9				

Der Lehrer zum Schüler: „Für das Gymnasium sind Sie wenig geeignet. Ich würde es an Ihrer Stelle mal mit Lotto versuchen."
„Warum denn?" „Von 49 Testfragen haben Sie 6 richtig beantwortet."

Nr. 119:

Kreuzworträtsel

Waagerecht

1. Abkürzung für ‚Pferdestärke'
4. Gelingen
6. Tunwort
8. Gerät zur Geschwindigkeitsmessung
9. Von geringem Gewicht
11. Pflanze, die häufig im Strauß überreicht wird
14. Einer der Unterarmknochen

Senkrecht

2. Großer Raum
3. Futterstelle für Vögel
5. Als Bodenbelag und Wandbekleidung genutzte Platte
7. Handwerker
9. Briefanrede für eine Frau
10. Ein Neffe von Donald Duck
12. Lehre der Folgerichtigkeit
13. Viehfutter

Nr. 120:

Wortsuchrätsel

Berge und Gebirge

W	A	T	Z	M	A	N	N	R	K	H	Z
J	L	Z	R	A	H	E	C	D	M	N	E
K	F	U	S	T	Z	H	I	O	W	V	K
X	M	G	H	T	U	R	A	L	T	E	M
D	S	S	I	E	H	S	I	O	P	S	U
B	U	P	L	R	A	Q	N	M	B	U	U
C	O	I	H	H	F	N	E	I	S	V	H
L	N	T	B	O	W	T	D	T	L	U	T
A	G	Z	Q	R	A	L	P	E	N	M	A
M	E	E	G	N	Q	V	R	N	N	F	H
D	A	H	H	I	M	A	L	A	Y	A	O
Y	H	F	E	L	D	B	E	R	G	X	B

ALPEN
ANDEN
FELDBERG
DOLOMITEN
HIMALAYA

MATTERHORN
URAL
VESUV
WATZMANN
ZUGSPITZE

Nr. 121:

Labyrinth

Nr. 122:

Sudoku

						2		
	7				3			1
		8	2	9	5	6		
				1				
		9					2	
3			8					5
9				4			8	
2	6							
			7	5	1			

„So Kinder – wie ihr alle wisst, riecht der Mensch mit der Nase und läuft mit den Füßen…" Zwischenruf: „Aber nicht mein Opa! Bei dem riechen die Füße, und die Nase läuft."

Nr. 123:

Kreuzworträtsel

Waagerecht

1. Langer, schmaler Flur
4. Bilderrätsel
5. Rechtschreibbuch
8. Gewürz
10. Schiff in Gefahr
11. Strom durch Köln
12. Stadt in Asien und Europa
13. Eine Reise beginnen

Senkrecht

2. Freudig
3. Kontrollgang
6. Abfall, Schmutz
7. Camp
9. Loyal
13. Folglich, deshalb
14. Voller Energie

Nr. 124:

Sudoku

		7			9			8
		5						
			6		3	1		
	5							
		6				2	7	
9								
	9	3	5					7
8				1		3		4
			4					

Lehrer: „Paul, bilde einen Satz mit Pferd und Wagen!"
„Das Pferd zieht den Wagen."
„Gut, und nun die Befehlsform!"
„Hü!"

„Nenne mir die Jahreszeiten, Klaus", sagt der Lehrer. „Frühling, Herbst und Winter". „Na, und wo bleibt der Sommer?" – „Das hab ich mich in diesem Jahr auch gefragt, Herr Lehrer!"

Nr. 125:

Wortsuchrätsel

In der Küche

U	A	I	B	U	N	S	I	E	B	I	R
M	R	N	I	T	K	A	J	Z	R	S	T
I	T	L	K	R	Y	G	E	O	O	W	I
K	V	L	Q	A	X	I	Z	I	T	G	V
R	N	O	E	U	R	B	O	A	K	Z	G
O	E	F	E	G	I	A	X	X	A	B	Y
W	I	P	M	M	V	R	F	O	S	L	I
E	E	M	I	Z	A	Q	L	F	T	D	K
L	R	E	G	S	E	X	I	E	E	I	E
L	U	T	B	A	R	D	H	N	N	R	S
E	H	A	C	K	M	E	S	S	E	R	B
P	R	P	Q	Q	M	W	A	A	G	E	I

BROTKASTEN
EIERUHR
HACKMESSER
KARAFFE
MESSER

MIKROWELLE
OFEN
QUIRL
SIEB
WAAGE

Nr. 126:

Labyrinth

Nr. 127:

Kreuzworträtsel

Waagerecht

3. Asiatische Kampfsportart
4. Kurzwort für Mutter
8. Gebirge in Nordafrika
9. Techniker
12. Sauber
14. Schlechteste Schulnote
15. Stütze beim Knochenbruch

Senkrecht

1. Behälter für Treibstoff
2. Hunderasse
5. Warnsignal
6. Material aus Muschelschalen
7. Bestleistung
10. Fehllos
11. Hängt in jedem Bahnhof
13. Absage

Nr. 128:

Wortsuchrätsel

Im Weltall

D	U	M	A	S	T	R	O	N	A	U	T
T	R	I	E	B	W	E	R	K	I	I	K
S	W	A	C	T	T	N	P	F	X	I	L
T	O	A	U	O	T	Z	M	M	B	A	Q
T	F	L	S	M	U	H	D	O	A	U	V
U	M	P	A	M	S	N	H	N	N	R	A
D	W	I	H	R	N	T	T	D	D	I	S
Q	C	A	U	T	Z	V	A	D	U	A	X
S	O	N	D	E	A	E	O	T	O	X	N
U	D	C	E	L	J	N	L	B	I	W	S
K	P	L	U	T	O	U	B	L	J	O	N
Y	R	S	B	I	Z	S	E	J	E	X	N

ASTRONAUT
COUNTDOWN
MARS
MOND
PLUTO
RAUMSTATION
SOLARZELLE
SONDE
TRIEBWERK
VENUS

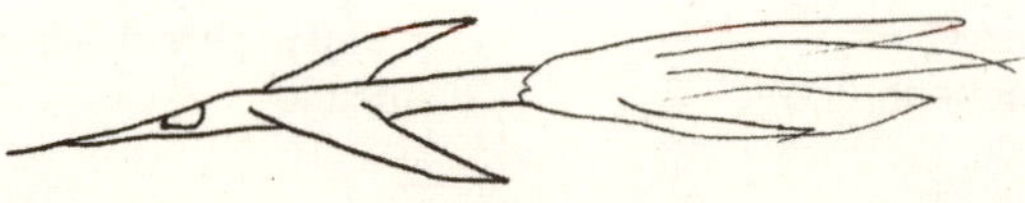

Nr. 129:

Sudoku

					6			
		7						8
		8			4		5	
						2		5
						9	3	
6			5		8			4
				7				
1	4			3				2
	3		9			6		

„Sexualkunde hat ihre eigenen Probleme," jammerte neulich der Lehrer. „Eine meiner Schülerinnen wurde schwanger, und jetzt weiß ich nicht, *ob* ich sie tadeln oder loben soll."

Bei einem Psychiater klingelt das Telefon, und eine Kinderstimme fragt: „Herr Doktor, die Schule macht mir Spaß, können sie mir helfen?"

Nr. 130:

Kreuzworträtsel

Waagerecht
1. Schmaler Fußweg
5. Seifenwasser
6. Ärmellose Jacke
8. Nach oben
10. Hinterhältig, gemein
11. Teil der Gitarre
13. Kletterpapagei
14. Göttin der Morgenröte

Senkrecht
2. Krähenvogel
3. Softwarenutzer
4. Bunter Tropenvogel
7. Ein Wappentier
9. Anstreicher
11. Reihe
12. Schwung

Nr. 131:

Labyrinth

Nr. 132:

Sudoku

	4		6					
5						6		1
		8		3	4		7	
9		5		2				
3	1					9		
			9					2
				5		3		
8							6	
	6			7				

Zum Besuch des Sexualkundeunterrichts musste jeder Schüler einen von den Eltern unterschriebenen Schein mitbringen, dass er den Unterricht besuchen dürfe. Ein Junge sagte dem Lehrer, als er ihm den Schein gab: „Meine Mama sagt, dass ich mitmachen darf, solange es keine Hausarbeiten gibt."

Wortsuchrätsel

Religion

K	E	V	A	N	G	E	L	I	U	M	B
A	A	U	J	F	Y	L	W	E	W	D	X
R	V	E	T	M	O	S	C	H	E	E	S
F	E	T	D	R	D	U	E	J	I	A	E
R	R	J	H	K	U	Z	Q	E	H	B	D
E	G	G	S	X	M	U	M	P	N	U	S
I	E	U	X	E	P	B	B	K	A	E	J
T	B	S	Z	Q	E	I	O	K	C	N	U
A	U	K	A	P	E	L	L	E	H	G	U
G	N	A	G	K	O	X	E	G	T	E	S
J	G	H	B	I	B	E	L	E	E	L	Q
U	P	N	U	K	Y	R	A	J	N	R	F

BIBEL
ENGEL
EVANGELIUM
KAPELLE
KARFREITAG

MOSCHEE
PILGER
SEELE
VERGEBUNG
WEIHNACHTEN

Nr. 134:

Labyrinth

Nr. 135:

Kreuzworträtsel

Waagerecht

4. Platzieren
6. Unverfälscht
8. Gesamter Schiffsbestand
10. Biegsame Vorrichtung
12. Eine der Gezeiten
13. Zahlwort
14. Großer Fluss

Senkrecht

1. Koranabschnitt
2. Besitz, Vermögen
3. Hunnenkönig
5. Saiteninstrument
7. Fußbekleidung
9. Gegorene Milch
11. Zusammenbruch, Verfall
15. Nicht ohne

Nr. 136:

Labyrinth

Nr. 137:

Wortsuchrätsel

In der Bäckerei

V	T	M	O	V	G	B	N	X	K	D	M
N	A	P	O	N	L	O	W	I	L	K	Q
B	P	P	W	H	G	C	S	A	Z	R	B
U	F	T	R	G	N	T	T	W	T	A	I
T	E	M	S	I	U	K	R	O	B	P	S
T	L	O	U	T	N	L	U	U	K	F	K
E	T	D	E	F	O	T	D	C	S	E	U
R	A	C	O	K	F	L	E	S	H	N	I
K	S	X	E	F	Y	I	L	L	N	E	T
E	C	J	U	G	K	O	N	E	G	A	N
K	H	C	R	O	I	S	S	A	N	T	Y
S	E	N	I	X	H	U	R	A	P	F	Q

APFELTASCHE
BISKUIT
BUTTERKEKS
CROISSANT
KRAPFEN
MOHNKUCHEN
MUFFIN
PRINTE
STOLLEN
STRUDEL

Nr. 138:

Sudoku

				2		6	3	
			3					
				5				9
4	7			8		3		
1			4					
		8					5	1
					5			
	4	6		7	8			5
					4	9		7

„Warum hast du kein Zeugnis?"
„Das habe ich Kurt mitgegeben, der will seine Eltern damit erschrecken."

Lehrer: „Liese, wenn deine Mutter eine Jacke für 220 Euro und eine Bluse für 100 Euro kauft, was gibt das?" – „Krach mit Papa!"

Nr. 139:

Kreuzworträtsel

Waagerecht

3. Kleines, flaches Segelboot
4. Leidenschaft, Wut, Raserei
6. Verbandsmaterial
9. Hinweisendes Fürwort
11. Abschnitt eines Buches
13. Gattin
14. Abgrund
15. Kleines europäisches Fürstentum

Senkrecht

1. Abgesondertes Stadtviertel
2. Hinterer Teil des Fußes
5. Bücherfreund
7. Glasartiger Überzug
8. Bröckchen auf Gebäck
10. Hauptstadt der Bahamas
12. Robinsons Gefährte

Nr. 140:

Wortsuchrätsel

Auf dem Flohmarkt

O	I	B	U	B	R	A	M	S	C	H	L
W	H	I	S	I	R	W	E	W	R	R	U
C	D	L	S	P	I	E	L	Z	E	U	G
G	R	D	K	O	K	F	P	D	U	R	C
Q	N	E	A	R	T	U	T	M	X	E	P
E	W	R	U	Z	S	P	N	Z	T	A	U
R	Z	R	I	E	T	A	U	S	C	H	P
T	X	A	F	L	S	C	U	E	T	I	P
S	C	H	A	L	L	P	L	A	T	T	E
A	R	M	B	A	N	D	U	H	R	U	E
F	B	E	D	N	F	G	Z	D	X	T	H
S	B	N	B	U	C	H	O	D	U	R	N

ARMBANDUHR
BILDERRAHMEN
BUCH
KUNST
PORZELLAN

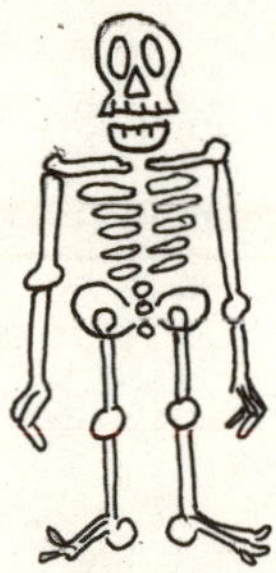

PUPPE
RAMSCH
SCHALLPLATTE
SPIELZEUG
TAUSCH

Nr. 141:

Labyrinth

Nr. 142:

Sudoku

	8	9		6	5			
					2		6	
5						8	2	
4	5	2	1		3			
			4					
								8
1					6	7		
		4				9		
		6		1				

Lehrer: „Hört mal! Es gibt zwei Wörter, die ich nie mehr von Euch hören will. Das eine ist ‚affengeil' und das andere ‚saudoof'!"

Schüler meldet sich: „Geht in Ordnung. Wie heißen die beiden Wörter?"

Nr. 143:

Kreuzworträtsel

Waagerecht

4. Bergsteigen im Fels
6. Hautkrankheit
7. weiblich
8. Teil des Auges
10. Inhaltslos
12. Dichter
14. Tropischer Laubbaum
15. Englische Gewichtseinheit

Senkrecht

1. Erblicken
2. Gruppe von Himmelskörpern
3. Tabakgift
5. Taufzeuge
9. Nicht dunkel
11. Hauptheiligtum des Islam
13. Buchprüfer

Nr. 144:

Sudoku

8							9	
					6			
4	5							2
				3			4	9
	9						2	
		1	5					
	4						3	
1		6		8				
			7		1			5

Tim und Tom liegen morgens noch lange im Bett. Plötzlich meint Tim ganz leise zu Tom: „Du, ich glaube, wenn Mutti uns nicht bald weckt, dann kommen wir noch zu spät in die Schule."

Nr. 145:

Wortsuchrätsel

Möbel

N	V	I	T	R	I	N	E	Z	D	R	U
P	L	S	B	A	E	A	X	P	Y	D	B
A	I	O	P	A	W	G	H	D	I	I	H
T	E	F	S	I	R	N	A	C	B	P	J
Y	G	A	S	R	E	H	S	L	Q	F	H
R	E	Q	C	E	Y	G	O	I	I	R	Y
R	S	N	H	O	S	V	E	C	U	G	D
S	T	Q	R	F	U	S	R	L	K	C	C
V	U	V	A	S	Q	C	E	E	I	E	W
A	H	H	N	F	X	A	H	L	P	M	R
U	L	M	K	U	H	U	N	U	N	B	D
L	Y	G	A	R	D	E	R	O	B	E	K

BARHOCKER
COUCH
GARDEROBE
LIEGESTUHL
REGAL

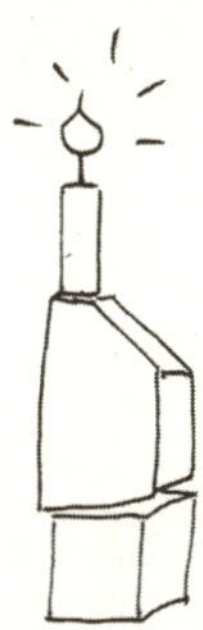

SCHRANK
SESSEL
SOFA
SPIEGEL
VITRINE

Nr. 146:

Labyrinth

Nr. 147:

Kreuzworträtsel

Waagerecht

1. Wesentliches einer Sache
4. Atmungsorgan der Fische
8. Amtstracht
9. Kleidungsstück, Breeches
10. Meereskrebs
13. Festlandmasse, Kontinent
14. Windschattenseite
15. Postsendung

Senkrecht

2. Schwarze Vögel
3. Dieneruniform
5. Vorwärts
6. Marderart
7. Anerkennende Worte
11. Müll, Unrat
12. Netzhaut des Auges

Nr. 148:

Wortsuchrätsel

Im Blumengeschäft

V	G	L	A	D	I	O	L	E	P	R	C
C	N	S	G	B	R	V	C	N	R	D	T
B	E	G	O	N	I	E	S	E	I	E	J
T	L	D	R	H	T	Z	T	W	M	E	V
U	K	P	D	E	T	U	J	G	E	O	W
L	E	L	A	V	E	N	D	E	L	N	A
P	X	B	Z	A	R	L	G	B	Q	V	L
E	C	H	R	I	S	T	R	O	S	E	A
Q	P	P	W	T	T	T	S	Q	Q	U	T
D	A	H	L	I	E	G	E	G	J	B	O
F	Q	C	Z	W	R	T	E	R	H	S	H
B	H	H	E	S	N	U	H	H	Z	N	I

ASTER
BEGONIE
CHRISTROSE
DAHLIE
GLADIOLE

LAVENDEL
NELKE
PRIMEL
RITTERSTERN
TULPE

Nr. 149:

Sudoku

					1		6	
1		7			8			
								2
7							8	
	6	8		5		2		
					9	5		
					2	3		1
	9	5			7			
		6				4		

„Was hat du denn heute im Diktat geschrieben, mein Sohn?"
„Was du dir schon lange im Lotto wünschst: einen Sechser!"

„Kann mir jemand 10 Tiere nennen, die am Nordpol leben?", fragt der Lehrer die Klasse.
„Drei Eisbären und sieben Robben", sagt Fritzchen.

Nr. 150:

Kreuzworträtsel

Waagerecht

2. Kleines fließendes Gewässer
3. Alle zwei
7. Kindeskind
8. Vornehm
10. Schmale Halbinsel
14. Lärm, Aufruhr
15. Osteuropäische Völkergruppe

Senkrecht

1. Flaumfeder
4. Zeitungsanzeige
5. Weltmeer
6. Poetisch für Frühling
9. Liebelei
11. Erste zweistellige Zahl
12. Gewürzpflanze
13. Abkürzung für Antiblockiersystem

Nr. 151:

Labyrinth

Nr. 152:

Sudoku

	9			1		7		
4		6			2			1
	2					9		
					8	2		
9		2						
7			3				6	
		5						
		8			3	6		7
			7			8	1	

„Warum musstest du denn heute nachsitzen?" fragt der Vater.

„Ich habe mich geweigert, jemanden zu verpetzen."

„Das war doch nur fair von dir", meint der Vater. „Um was ging es denn?"

„Der Lehrer wollte unbedingt wissen, wer der Mörder von Julius Cäsar war."

Nr. 153:

Wortsuchrätsel

Oktoberfest

C	G	P	K	E	K	B	B	L	E	B	A
L	Q	A	P	Y	A	R	S	W	X	L	P
R	U	U	V	M	R	E	L	V	H	A	O
U	H	F	S	J	U	Z	B	H	J	S	S
B	T	W	T	N	S	E	Z	B	A	M	C
R	B	S	Z	G	S	L	H	B	U	U	H
P	B	E	D	I	E	N	U	N	G	S	A
D	I	R	N	D	L	W	H	A	K	I	U
L	H	B	Q	G	L	J	E	L	R	K	K
Z	U	I	L	E	D	E	R	H	O	S	E
R	I	E	S	E	N	R	A	D	R	H	L
Z	Z	R	C	E	W	I	V	L	F	M	A

BEDIENUNG
BIER
BLASMUSIK
BREZEL
DIRNDL

KARUSSELL
LEDERHOSE
LUFTGEWEHR
RIESENRAD
SCHAUKEL

Nr. 154:

Labyrinth

Nr. 155:

Kreuzworträtsel

Waagerecht

5. Ausflug, Wanderung
6. Freisinnig, vorurteilslos
8. Elegant und kostbar
9. Verwerflich
12. Gegenteil von links
13. Fest, Fete
14. Stimmlage

Senkrecht

1. Öffentlich, offenkundig
2. Verbindungsleitung
3. Geldbetrag
4. Spitzer Teil der Pflanze
7. Zeichenmaterial
10. Kieferngewächs
11. Baustoff
15. Trag- und Reittier in südlichen Ländern

Nr. 156:

Labyrinth

Nr. 157:

Wortsuchrätsel

Pferde

X	H	T	R	A	B	V	R	X	H	J	T
A	Y	U	L	N	L	E	E	G	X	X	M
O	E	W	F	U	S	C	H	R	I	T	T
H	H	M	A	E	H	N	E	R	M	E	T
E	T	S	R	G	I	V	N	E	L	H	Q
N	Y	S	T	N	S	S	A	T	R	H	F
G	F	Z	A	U	M	Z	E	U	G	U	I
S	W	Q	J	T	T	V	Q	N	A	R	D
T	I	K	E	A	T	E	T	L	L	N	M
C	V	F	O	H	L	E	N	Y	O	W	P
V	X	W	B	W	D	T	L	R	P	M	V
I	D	P	M	O	G	S	C	V	P	F	O

FOHLEN
GALOPP
HENGST
HUFEISEN
MÄHNE

SATTEL
SCHRITT
STUTE
TRAB
ZAUMZEUG

Nr. 158:

Sudoku

	3	6	7	5				
1						8		
							7	3
	9					4	5	
4				6				
	7		5	9				
	8	2		7			3	
9							2	
	6		8					4

„Der Lehrer beklagt sich über dich, Peter." „Das musst du nicht so eng sehen, Mama, heute klagen doch alle Leute."

Fritz hat den ersten Schultag hinter sich. „Na, wie gefällt dir deine Lehrerin?", fragt die Mutter. „Dufte Biene", sagt Fritz, „wenn nur der Altersunterschied nicht wäre!"

Nr. 159:

Kreuzworträtsel

Waagerecht
2. Dünnes Holzdeckblatt
6. Beben, vibrieren
9. Zitterpappel
10. Beherzt, entschlossen
11. Natürlicher Goldklumpen
13. Fest, haltbar
14. Teil des Bogens

Senkrecht
1. Bestechlich
3. Klosterneuling
4. Faden zur Dentalpflege
5. Kurzwort für offenes Auto
7. Trinkbehältnis für Heißgetränke
8. Art, Sorte
11. Wort der Ablehnung
12. Sammelstelle, Lager

Nr. 160:

Wortsuchrätsel

Brotzeit

L	C	A	K	P	N	X	K	H	X	P	Z
S	A	J	R	U	M	B	I	E	S	I	W
C	E	U	O	M	T	B	B	F	H	Z	I
H	M	I	G	P	A	U	A	E	V	Z	E
W	I	D	G	E	N	W	G	Z	H	A	B
A	S	A	E	R	N	H	U	O	F	B	E
R	C	F	N	N	I	S	E	P	Z	R	L
Z	H	Q	B	I	E	T	T	F	P	O	B
B	B	O	R	C	A	O	T	A	H	T	R
R	R	U	O	K	S	A	E	Z	N	J	O
O	O	T	T	E	H	S	K	Z	S	G	T
T	T	G	K	L	N	T	D	A	D	O	E

BAGUETTE
HEFEZOPF
LAUGENSTANGE
MISCHBROT
PIZZABROT
PUMPERNICKEL
ROGGENBROT
SCHWARZBROT
TOAST
ZWIEBELBROT

Nr. 161:

Labyrinth

Nr. 162:

Sudoku

					2		7	
	2						4	8
		3	4				6	
				8		3		6
		6						
	5			7				
				6		9		
1	8				7			
	7		1					

Daniel schläft im Unterricht ein. Wütend rüttelt ihn der Lehrer wach und faucht ihn an: „Weißt du, was du bist?" – „Klar, ein aufgeweckter Junge!"

Lehrer:
„Was ist eine Mumie?"
Schüler:
„Ein eingemachter König!"

Nr. 163:

Kreuzworträtsel

Waagerecht

4. Leine
5. Leitspruch
6. Funkortungsverfahren
7. Abschlusskante
9. Enthaltsame Lebensweise
10. Kindliches Wesen
13. Körperhülle
14. Italienisch: ja

Senkrecht

1. Unverschlossen
2. Wickelgewand der Inderin
3. Symboltier des Frühlings
7. Ansprache
8. Hauptstadt Frankreichs
11. Faserpflanze
12. Kurzwort für auf das

Nr. 164:

Sudoku

	3		7	8	5			
		9						
	2							5
		8	4					1
	9		8			4		
						6	5	
	5			6			2	
				1			4	
			3				7	

Die Lehrerin fragt: „Was versteht man unter Morgengrauen?"
Susi: „Das ist das Grauen, das man jeden Morgen hat, wenn man aufsteht und in die Schule gehen muss."

Fragt Kurtchen den Lehrer: „Kann man für etwas, was man nicht getan hat, auch bestraft werden?" Darauf der Lehrer: „Natürlich nicht!"
Kurtchen: „Prima, ich hab nämlich meine Hausaufgaben nicht gemacht!"

Nr. 165:

Wortsuchrätsel

Nadel und Faden

W	E	O	W	D	U	Q	Q	Y	U	E	Q
W	S	Z	M	O	S	H	X	M	M	K	P
E	C	T	O	X	T	G	A	S	U	V	A
B	U	N	E	N	I	P	Z	M	S	T	T
E	K	L	S	C	C	N	G	A	T	K	C
N	A	D	E	L	K	I	S	S	E	N	H
P	H	W	I	Y	E	N	G	Q	R	O	W
H	G	W	D	S	N	T	A	Z	H	P	O
I	A	C	E	M	A	N	R	D	T	F	R
S	T	R	I	C	K	E	N	S	E	M	K
L	E	Q	P	C	H	J	M	W	Y	L	L
Y	S	E	X	V	F	W	H	P	A	Q	R

GARN
KNOPF
MUSTER
NADELKISSEN
PATCHWORK

SEIDE
STICKEN
STECKNADEL
STRICKEN
WEBEN

Nr. 166:

Labyrinth

Nr. 167:

Kreuzworträtsel

Waagerecht

1. Elite
4. Ausflug zu Pferd
5. Beförderungsmittel im Gebirge
7. Fest, stabil, nicht weich
8. Kurzwort für Hochschule
10. Tierabrichtung
12. Fahrstuhl
13. Ein Himmelskörper

Senkrecht

2. Verheiratetes Paar
3. Krankheitskeim
6. Zauberschutz, Maskottchen
9. Ausgeruht
11. Verkehrsstockung
12. Klebstoff
14. Reizleiter im Körper

Nr. 168:

Wortsuchrätsel

Wintersport

R	O	D	E	L	N	E	P	V	D	H	K
C	I	W	S	C	H	A	N	Z	E	U	B
O	U	E	I	S	H	O	C	K	E	Y	L
P	M	B	S	I	L	Z	P	W	P	A	A
I	R	A	C	E	Y	M	Q	R	B	H	N
S	R	Y	B	H	N	T	X	Q	I	D	G
T	S	W	W	F	Z	S	T	V	A	J	L
E	D	Z	B	L	A	V	L	U	T	Y	A
L	G	I	F	M	G	H	F	A	H	Q	U
S	N	O	W	B	O	A	R	D	L	Y	F
T	A	G	V	B	E	D	H	T	O	O	C
S	L	A	L	O	M	E	T	P	N	K	M

ABFAHRT
BIATHLON
EISHOCKEY
LANGLAUF
PISTE

RIESENSLALOM
RODELN
SLALOM
SNOWBOARD
SCHANZE

Nr. 169:

Sudoku

	1					9	2	
	2						3	4
7			1				6	
				7	8	2		
			9					5
9							8	
3			8		7		9	
		8			2			
6				5				3

„Wenn ein Stück Land ins Meer ragt, ist das eine Landzunge. Was ist es aber umgekehrt, wenn ein Stück Meer ins Land hineinragt?" fragt die Lehrerin. Richard meldet sich: „Dann ist das eine Seezunge!"

Nr. 170:

Kreuzworträtsel

Waagerecht

2. Beweiszettel, Quittung
3. Wolkenlos
4. Immer
6. Bezirk, Bereich
7. Leichter Schlag
9. Alarmgerät
11. Technisches Gerät

Senkrecht

1. Gestaltetes Gartenstück
3. Behälter aus Holz
4. Kleinere Religionsgemeinschaft
5. Teil des Mundes
6. Äußerst schöpferischer Mensch
8. Sportsprache: Tempo
9. Längliche Kapselfrucht
10. Turngerät

Nr. 171:

Labyrinth

Nr. 172:

Sudoku

		6	2				7	
1	5							
		3			1			8
	6	8						4
	4		6	2		1		
	7							3
				5	4			
5			1				2	
							9	

Lehrer zu Schüler: „Deine Handschrift ist ja miserabel, die kann man überhaupt nicht lesen!" Schüler: „Das macht nichts, ich schreibe später sowieso mit dem Computer!"

„Welchen Ausdruck gibt es noch für Staubgefäße, Ulla?" „Staubsauger, Herr Lehrer!"

Nr. 173:

Labyrinth

Nr. 174:

Wortsuchrätsel

Amerika

N	X	P	M	F	W	D	T	C	C	D	N
V	H	D	H	A	W	T	A	K	O	O	B
N	O	I	B	A	S	E	B	A	L	L	E
D	L	S	G	N	L	B	R	E	R	L	A
L	L	N	W	H	J	L	N	H	A	A	E
M	Y	E	R	P	S	I	O	A	N	R	M
F	W	Y	Z	H	O	C	Q	W	G	K	N
A	O	L	O	Y	W	F	H	P	E	U	S
L	O	A	J	D	H	S	D	O	R	E	U
T	D	N	D	C	M	W	Y	O	O	J	N
Y	S	D	K	F	O	O	T	B	A	L	L
T	H	A	N	K	S	G	I	V	I	N	G

BASEBALL
COLA
DISNEYLAND
DOLLAR
FOOTBALL

HIGHSCHOOL
HOLLYWOOD
HALLOWEEN
RANGER
THANKSGIVING

Lösungen:

Nr. 1:

9	4	1	8	5	7	3	6	2
5	2	8	6	9	3	4	7	1
3	6	7	1	4	2	5	8	9
7	5	2	3	6	4	9	1	8
1	8	4	5	2	9	6	3	7
6	3	9	7	8	1	2	4	5
4	1	5	9	3	8	7	2	6
8	9	3	2	7	6	1	5	4
2	7	6	4	1	5	8	9	3

Nr. 2:

U	I	I	N	S	E	L	H	G	M	U	L
S	L	D	K	D	X	J	X	Y	S	D	D
D	T	O	R	K	B	X	B	G	D	K	W
S	K	R	C	C	B	A	H	W	K	E	M
K	Y	S	A	A	A	B	D	F	Z	S	V
I	E	T	O	N	Q	E	H	E	J	E	P
F	G	A	H	N	D	N	N	R	N	G	N
A	H	T	X	C	N	T	D	I	O	E	E
H	O	T	Q	S	O	E	U	E	B	L	X
R	T	C	X	E	A	U	J	N	Z	N	G
E	E	I	T	N	P	E	T	H	Z	A	Q
N	L	J	V	E	R	R	E	I	S	E	N

Nr. 3:

Nr. 4:

Waagerecht: 3. Rebus, 5. Dreck, 6. treu, 8. Pfeffer, 9. Seenot, 10. Istanbul, 11. Rhein, 13. abfahren

Senkrecht: 1. gern, 2. Runde, 4. fit, 5. Duden, 7. Zeltlager, 9. Salbe, 12. Gang

Nr. 5:

9	2	1	8	3	6	4	5	7
7	5	6	4	9	1	3	2	8
8	3	4	2	5	7	6	9	1
1	8	9	5	2	4	7	3	6
2	7	5	6	8	3	9	1	4
4	6	3	1	7	9	5	8	2
3	4	8	9	6	2	1	7	5
5	1	7	3	4	8	2	6	9
6	9	2	7	1	5	8	4	3

Nr. 6:

M	D	N	E	B	E	L	D	N	F	E	A
A	G	Y	U	S	C	H	N	E	E	Q	M
N	H	U	W	I	N	D	N	K	T	O	A
H	A	G	E	L	E	A	S	T	U	R	M
Y	T	E	M	P	E	R	A	T	U	R	A
S	X	G	E	W	I	T	T	E	R	F	P
K	U	W	S	K	B	S	O	N	N	E	V
R	G	A	T	T	D	A	D	W	Y	I	W
G	D	F	J	P	N	Z	C	J	O	W	T
O	Q	W	W	O	L	K	E	N	K	C	E
A	W	C	K	H	L	A	I	X	F	U	K
R	E	G	E	N	S	X	O	Y	F	C	Y

Lösungen:

Nr. 7:

Nr. 8:

1	9	3	5	7	6	4	2	8
7	4	2	9	8	3	6	1	5
5	6	8	1	2	4	9	3	7
4	7	9	6	5	2	1	8	3
3	1	5	4	9	8	7	6	2
8	2	6	3	1	7	5	4	9
9	3	7	2	4	1	8	5	6
6	8	1	7	3	5	2	9	4
2	5	4	8	6	9	3	7	1

Nr. 9:

Waagerecht: 2. nein, 4. also, 6. rein, 7. Alarm, 9. sechs, 11. Dackel, 13. Niete, 14. Kalk

Senkrecht: 1. Gips, 3. Uhr, 4. Atlas, 5. Ingenieur, 8. Mama, 10. Karate, 12. Tank

Nr. 10:

Nr. 11:

B	Y	M	W	K	Y	B	I	E	N	E	W
G	M	O	F	A	S	Z	S	E	O	F	K
F	H	S	R	N	T	E	C	L	H	G	E
M	I	K	O	I	O	X	T	E	I	P	G
G	S	R	S	N	R	L	M	F	B	N	A
Z	U	O	C	C	C	I	R	A	B	L	O
Z	M	K	H	H	H	Q	L	N	E	A	M
D	A	O	R	E	Y	L	R	T	N	M	A
J	E	D	N	N	B	O	A	W	T	Q	M
P	S	I	L	H	B	F	X	N	E	W	I
M	E	L	E	E	H	Z	J	G	G	D	S
J	L	M	J	J	R	C	G	L	P	E	W

Nr. 12:

3	4	7	5	1	8	2	6	9
5	6	8	2	7	9	3	1	4
1	9	2	6	3	4	8	5	7
9	1	6	8	4	3	7	2	5
7	5	3	9	2	6	4	8	1
8	2	4	7	5	1	6	9	3
2	7	1	3	6	5	9	4	8
4	3	9	1	8	2	5	7	6
6	8	5	4	9	7	1	3	2

Lösungen:

Nr. 13:

R	L	O	T	N	G	P	H	A	Y	T	R
D	I	R	I	G	E	N	T	N	H	J	Q
O	E	C	I	O	S	X	I	O	K	H	E
E	D	H	B	M	A	S	E	T	L	S	C
B	Y	E	O	C	N	Z	A	E	A	L	H
H	K	S	H	Z	G	O	F	N	V	Z	T
F	A	T	P	N	K	S	O	L	I	S	T
W	P	E	E	C	X	U	W	P	E	S	P
U	E	R	L	Q	T	T	D	U	R	V	K
A	L	A	B	A	R	I	T	O	N	H	K
A	L	N	H	M	V	I	O	L	I	N	E
V	E	M	N	W	S	Q	F	T	N	G	Q

Nr. 14:

Nr. 15:

Waagerecht: 5. Oldie, 7. Eieruhr, 8. Bett, 10. Beethoven, 11. ADAC, 12. Talismann, 14. ohnehin

Senkrecht: 1. Essen, 2. glatt, 3. Karotte, 4. Athen, 6. Italien, 9. Tohuwabohu, 11. Akne, 13. Chile

Nr. 16:

Nr. 17:

R	Y	O	S	A	W	L	U	I	D	J	J
U	A	I	R	S	Z	Q	Y	H	K	H	M
U	K	B	R	G	C	B	W	X	L	A	Q
Y	Y	S	A	H	R	H	Y	S	E	A	L
Q	X	C	L	T	O	B	U	U	I	C	O
Z	X	D	K	A	T	S	M	H	D	K	J
K	A	I	H	A	D	T	E	A	E	H	M
P	H	X	V	I	S	E	E	N	R	K	O
R	O	O	F	M	V	S	N	J	B	K	D
E	Q	T	W	U	B	N	E	G	X	J	E
I	V	R	U	K	Z	I	H	S	R	V	F
S	W	M	Z	F	E	G	E	L	D	Q	Y

Nr. 18:

3	6	9	4	7	1	5	8	2
5	1	7	8	2	9	4	6	3
8	2	4	3	5	6	7	9	1
2	9	6	5	3	4	8	1	7
4	7	3	6	1	8	2	5	9
1	5	8	7	9	2	6	3	4
9	8	5	1	4	7	3	2	6
6	4	2	9	8	3	1	7	5
7	3	1	2	6	5	9	4	8

Lösungen:

Nr. 19:

Waagerecht: 2. Inn, 4. Polen, 7. Was, 8. Ritter, 9. Trampolin, 10. Obelix, 11. Elf, 13. Ast

Senkrecht: 1. Nil, 3. Neuer, 4. Psychologe, 5. Zement, 6. Cello, 7. wortlos, 12. Lila

Nr. 20:

W	E	R	K	Z	E	U	G	E	R	H	X
I	I	C	A	U	T	O	M	A	T	I	K
N	B	S	O	E	N	F	O	S	A	N	X
D	R	Q	S	U	Y	A	T	D	Q	T	D
R	O	Y	S	E	P	U	O	F	T	E	G
A	B	P	L	O	N	L	R	V	P	R	N
D	O	Q	R	W	F	S	A	G	E	N	U
R	T	X	Z	C	L	T	C	N	C	E	J
R	E	E	Y	G	F	A	W	H	U	T	Y
H	R	R	T	M	P	X	X	A	A	N	I
X	Y	C	O	M	P	U	T	E	R	F	G
J	D	X	V	U	C	P	H	N	Z	E	T

Nr. 21:

Nr. 22:

2	1	5	6	3	7	9	4	8
6	3	9	8	4	2	7	1	5
8	7	4	9	5	1	6	2	3
5	9	7	3	2	4	8	6	1
1	4	6	7	8	5	2	3	9
3	2	8	1	9	6	4	5	7
4	6	3	5	7	9	1	8	2
7	5	1	2	6	8	3	9	4
9	8	2	4	1	3	5	7	6

Nr. 23:

Waagerecht: 4. Physik, 5. Haare, 6. Boxen, 7. Skateboard, 9. Eber, 11. Arizona, 12. Regen, 14. Ebbe

Senkrecht: 1. Islam, 2. Pupille, 3. Leguan, 6. Blocksberg, 8. Diener, 10. Tran, 13. Gabel

Nr. 24:

3	6	2	1	5	8	4	7	9
9	4	8	7	2	6	1	5	3
1	5	7	9	3	4	6	2	8
7	9	3	8	6	2	5	1	4
2	8	5	3	4	1	7	9	6
6	1	4	5	7	9	3	8	2
5	3	9	6	8	7	2	4	1
8	2	6	4	1	5	9	3	7
4	7	1	2	9	3	8	6	5

Lösungen:

Nr. 25:

W	A	S	C	H	B	E	C	K	E	N	K
L	Z	R	M	H	A	N	D	T	U	C	H
M	I	V	S	U	K	T	E	G	D	J	K
U	S	P	I	E	G	E	L	T	F	G	A
M	X	P	P	Y	L	Z	L	B	R	W	N
D	B	A	D	E	W	A	N	N	E	E	S
U	W	Z	A	H	N	P	A	S	T	E	Y
S	N	A	G	E	L	S	C	H	E	R	E
C	U	S	T	I	J	G	T	Z	Y	W	V
H	R	H	B	T	N	Z	S	I	Z	O	I
E	N	H	N	H	E	S	E	I	F	E	E
T	M	X	W	F	O	P	W	E	F	T	O

Nr. 26:

Nr. 27:

Waagerecht: 3. Chaplin, 6. Biber, 8. Raumschiff, 9. Yoga, 10. Efeu, 12. Gerste, 13. Teig

Senkrecht: 1. Kap, 2. Oh, 4. Aladin, 5. neun, 7. Eishockey, 8. Rodel, 11. Heidi, 13. Tipp

Nr. 28:

F	D	Z	S	C	H	W	E	D	E	N	K
C	R	E	H	U	J	P	O	W	E	B	B
S	U	A	U	N	Y	X	Z	E	H	R	C
I	S	I	N	T	N	Y	X	X	V	A	H
T	S	I	P	K	S	A	W	E	M	S	I
A	L	C	N	H	R	C	U	X	P	I	N
L	A	X	H	J	A	E	H	M	S	L	A
I	N	T	B	W	D	P	I	L	K	I	L
E	D	U	G	T	E	H	O	C	A	E	O
N	V	J	G	E	Q	I	W	L	H	N	D
A	U	M	G	O	M	A	Z	I	E	G	D
P	A	U	S	T	R	A	L	I	E	N	P

Nr. 29:

9	6	5	1	4	7	2	3	8
4	3	1	8	2	6	5	7	9
7	8	2	5	9	3	1	6	4
8	9	6	7	1	5	4	2	3
1	4	3	2	8	9	6	5	7
2	5	7	3	6	4	8	9	1
3	2	9	4	5	8	7	1	6
5	7	4	6	3	1	9	8	2
6	1	8	9	7	2	3	4	5

Nr. 30:

Waagerecht: 2. Aha, 3. Merkel, 7. Muttertag, 8. Darlehen, 9. Jamaika, 12. Streit, 13. City, 14. Heino

Senkrecht: 1. Gabe, 3. Mozzarella, 4. Rauferei, 5. Ablauf, 6. Gold, 10. Monroe, 11. Aachen

Lösungen:

Nr. 31:

Nr. 32:

1	4	9	2	5	8	3	6	7
7	2	6	9	1	3	8	4	5
3	5	8	4	6	7	9	1	2
2	3	4	5	7	6	1	8	9
5	6	7	1	8	9	2	3	4
8	9	1	3	4	2	5	7	6
6	8	3	7	2	5	4	9	1
9	1	5	6	3	4	7	2	8
4	7	2	8	9	1	6	5	3

Nr. 33:

E	T	R	N	Z	W	R	H	T	I	F	Q
L	G	Z	S	I	E	G	T	O	R	G	N
F	S	A	N	P	F	I	F	F	Y	N	S
M	Q	T	Z	A	O	S	T	F	I	F	K
E	J	S	R	A	B	N	I	L	M	X	O
T	Q	R	X	A	T	S	S	X	U	D	N
E	S	W	F	K	F	Z	E	D	R	P	T
R	F	O	R	K	A	R	Y	I	X	U	E
T	M	S	P	Y	J	U	A	U	T	O	R
F	L	A	N	K	E	E	S	U	I	S	V
G	K	E	E	P	E	R	J	L	M	E	H
W	K	H	A	T	T	R	I	C	K	C	Q

Nr. 34:

Nr. 35:

Waagerecht: 2. Egel, 3. dort, 6. Malta, 9. Kellnerin, 10. Donut, 12. legen, 14. Herr

Senkrecht: 1. seit, 4. Rakete, 5. Ableger, 7. Adresse, 8. Hand, 11. Uncle, 13. Tor, 14. Haus

Nr. 36:

Lösungen:

Nr. 37:

G	O	H	K	R	A	N	Z	E	H	V	O
E	K	J	S	N	W	K	A	K	A	O	E
S	T	U	T	M	R	E	R	A	L	I	T
C	F	O	D	P	A	R	T	Y	N	P	J
H	G	R	R	D	F	Z	M	L	V	U	A
E	E	B	E	T	H	E	E	D	Y	B	S
N	D	L	K	U	E	N	B	X	S	A	W
K	I	U	E	I	N	L	A	D	U	N	G
E	C	M	N	X	C	D	V	I	M	S	B
Z	H	E	N	I	I	B	E	W	I	L	R
Q	T	N	X	V	R	R	G	Z	T	G	L
K	L	X	C	W	A	J	J	W	A	B	Z

Nr. 38:

6	7	5	3	4	1	9	8	2
4	8	2	6	9	7	5	1	3
9	1	3	5	2	8	4	6	7
7	6	4	8	3	9	1	2	5
1	5	8	2	6	4	3	7	9
2	3	9	7	1	5	6	4	8
8	2	1	9	5	6	7	3	4
3	9	6	4	7	2	8	5	1
5	4	7	1	8	3	2	9	6

Nr. 39:

Waagerecht: 1. Ara, 4. Garde, 6. Nest, 7. Kollage, 8. Karo, 9. Ren, 10. Sessel, 12. eher, 13. Seite

Senkrecht: 1. Auge, 2. Wanne, 3. Kahl, 5. Tadeln, 7. Kompass, 11. Leere

Nr. 40:

G	R	A	S	S	E	S	W	Z	J	I	I
E	V	D	T	S	N	C	D	E	J	W	H
H	N	K	N	O	C	H	E	N	X	R	A
O	M	D	S	P	O	W	W	B	H	F	L
R	A	N	U	S	H	A	B	B	U	A	S
C	U	V	P	W	B	N	L	K	Y	F	B
H	L	B	U	D	E	Z	P	E	H	V	A
E	K	U	R	D	L	D	I	D	I	P	N
N	O	N	H	N	L	L	E	Z	K	N	D
W	R	I	B	N	E	E	X	L	W	A	E
C	B	A	I	Z	N	S	N	A	N	P	H
H	U	A	I	Q	B	Z	K	I	Y	F	P

Nr. 41:

Nr. 42:

2	4	7	5	9	8	3	6	1
9	3	5	1	2	6	7	4	8
6	1	8	7	3	4	5	9	2
7	5	1	9	6	2	4	8	3
3	9	4	8	5	1	6	2	7
8	6	2	3	4	7	9	1	5
1	2	3	6	7	9	8	5	4
5	8	9	4	1	3	2	7	6
4	7	6	2	8	5	1	3	9

Lösungen:

Nr. 43:

Waagerecht: 3. Schau, 4. Pastor, 6. Daten, 7. Pharao, 9. Schlafzimmer, 10. Hans, 11. unfair, 12. Karibik, 13. Nelke

Senkrecht: 1. Delta, 2. Strauss, 3. See, 5. Makkaroni, 8. Petunie, 14. Esel

Nr. 44:

4	5	8	1	6	9	2	7	3
6	3	7	2	4	8	1	5	9
9	1	2	7	3	5	8	6	4
8	6	9	3	5	2	4	1	7
1	2	4	9	7	6	3	8	5
3	7	5	8	1	4	6	9	2
5	8	6	4	2	7	9	3	1
2	9	3	5	8	1	7	4	6
7	4	1	6	9	3	5	2	8

Nr. 45:

S	P	M	N	U	H	R	F	C	Z	C	R
I	C	C	B	T	N	K	S	R	S	R	U
H	S	H	H	R	L	B	X	H	U	P	E
E	M	R	E	S	E	R	V	E	R	A	D
N	A	O	I	I	I	M	O	T	O	R	L
R	E	I	F	E	N	T	S	O	E	N	K
A	T	M	R	N	X	W	Z	E	Q	C	M
D	E	D	K	B	M	O	E	E	N	E	W
I	L	Y	B	L	A	H	R	R	A	I	D
O	R	R	I	W	F	G	T	X	F	K	G
G	K	E	E	F	H	Z	R	B	A	E	D
H	N	T	A	C	H	O	M	E	T	E	R

Nr. 46:

Nr. 47:

Waagerecht: 1. Pfad, 3. Weste, 6. Eos, 8. hinauf, 9. Lauge, 10. Rekord, 11. User, 13. Maler

Senkrecht: 2. Dohle, 4. Saite, 5. Einhorn, 6. Elan, 7. Tukan, 9. Lori, 12. Serie

Nr. 48:

H	N	A	G	H	U	O	A	D	H	V	U
E	I	H	U	N	I	W	D	S	S	F	H
M	K	R	A	W	A	T	T	E	H	N	N
D	V	Y	B	J	Z	L	Y	D	F	N	P
O	L	U	F	P	E	O	S	J	M	H	E
F	S	W	O	U	A	A	E	J	T	N	A
S	C	H	A	L	K	N	N	M	C	D	X
H	O	O	A	L	J	B	Z	S	N	Q	O
Y	E	C	C	O	R	A	L	U	P	E	W
B	G	K	K	V	Z	O	C	U	G	W	D
V	S	U	R	E	X	Q	C	K	S	R	V
Y	E	E	J	R	N	F	T	K	E	E	W

Lösungen:

Nr. 49:

9	2	7	4	3	6	1	5	8
1	8	4	7	2	5	9	3	6
3	5	6	8	9	1	7	4	2
6	1	8	3	5	2	4	7	9
4	3	5	9	6	7	2	8	1
2	7	9	1	4	8	5	6	3
5	4	2	6	1	3	8	9	7
7	9	3	2	8	4	6	1	5
8	6	1	5	7	9	3	2	4

Nr. 50:

Waagerecht: 2. Verb, 3. Leicht, 6. Vogelhaus, 10. Elle, 11. Saal, 13. Fliese, 15. Liebe

Senkrecht: 1. Track, 4. Tachometer, 5. Maurer, 7. Heu, 8. PS, 9. Blume, 12. Logik, 14. Erfolg

Nr. 51:

Nr. 52:

8	9	3	7	6	4	2	1	5
4	6	1	5	8	2	7	9	3
7	5	2	9	1	3	4	6	8
1	7	6	8	2	9	5	3	4
9	2	4	6	3	5	8	7	1
3	8	5	4	7	1	9	2	6
2	3	7	1	4	8	6	5	9
5	1	8	2	9	6	3	4	7
6	4	9	3	5	7	1	8	2

Nr. 53:

X	H	E	N	G	S	T	A	L	L	Z	M
C	W	M	G	V	E	B	X	A	W	S	K
F	I	J	I	A	H	F	N	V	E	K	F
M	G	A	X	S	C	H	W	E	I	N	E
P	D	U	M	K	T	M	D	G	Z	W	R
S	J	F	I	Q	A	H	S	H	E	N	K
W	I	Z	L	T	U	T	A	O	N	V	E
C	Q	U	C	O	F	D	Z	U	N	U	L
V	G	C	H	I	J	B	I	E	F	S	H
X	W	H	K	Y	I	F	E	S	T	E	O
E	E	T	U	S	W	C	G	P	Y	V	N
O	B	J	H	L	G	J	E	T	H	W	H

Nr. 54:

Lösungen:

Nr. 55:

Waagerecht: 3. Murmel, 4. Gelb, 5. Hochsprung, 9. Wassermann, 11. Paella, 14. Dudelsack, 15. Alm

Senkrecht: 1. Geburtstag, 2. Zweig, 6. Mus, 7. Rar, 8. Madagaskar, 10. fahl, 12. Tunis, 13. Messi

Nr. 56:

Nr. 57:

L	V	Q	T	R	O	M	P	E	T	E	L
S	B	M	I	G	F	Q	L	S	W	M	P
W	N	C	V	C	E	H	W	E	J	Y	L
C	B	R	K	P	T	J	T	Y	E	L	Z
G	E	K	L	A	R	I	N	E	T	T	E
I	L	L	G	P	O	S	A	U	N	E	F
T	T	A	L	B	M	I	G	V	V	Z	A
A	P	V	H	O	M	T	K	N	T	F	T
R	A	I	A	T	E	J	M	R	C	L	Q
R	U	E	R	Y	L	F	A	D	B	K	O
E	K	R	F	E	K	Z	H	T	H	T	D
P	E	G	E	I	G	E	U	H	C	R	W

Nr. 58:

8	2	5	9	1	7	4	6	3
6	7	3	2	8	4	5	9	1
4	9	1	5	3	6	7	2	8
1	4	8	3	5	2	6	7	9
9	5	6	1	7	8	3	4	2
2	3	7	6	4	9	8	1	5
7	1	4	8	2	3	9	5	6
5	8	9	4	6	1	2	3	7
3	6	2	7	9	5	1	8	4

Nr. 59:

Waagerecht: 2. Bier, 6. Rast, 7. Schneider, 8. Mail, 9. Futurama, 12. Wal, 13. Safe

Senkrecht: 1. Kreide, 3. Lea, 4. fit, 5. Lederhose, 6. Rumba, 7. Status, 10. Ungarn, 11. Deo

Nr. 60:

R	W	T	C	K	R	H	M	A	S	S	A
Z	O	G	O	H	L	M	G	R	K	P	O
E	G	M	O	S	I	U	O	Z	Q	A	P
K	Q	P	O	R	K	A	B	E	U	G	C
Y	R	E	I	R	G	A	N	Q	N	H	T
Y	C	E	N	Z	T	O	N	T	N	E	B
T	U	F	O	G	Z	A	N	A	I	T	Z
Y	W	R	C	R	K	A	D	Z	A	T	H
R	Z	A	B	A	I	O	N	E	O	I	S
P	V	Y	H	P	P	T	N	W	L	L	V
E	V	C	T	P	I	R	N	F	D	L	A
W	B	A	O	A	B	Z	I	K	B	Q	A

Lösungen:

Nr. 61:

Nr. 62:

4	7	9	6	8	1	5	2	3
2	3	8	4	5	9	6	7	1
1	5	6	7	2	3	9	4	8
3	2	7	5	4	8	1	6	9
5	6	4	9	1	7	8	3	2
8	9	1	2	3	6	4	5	7
6	1	5	3	9	2	7	8	4
7	8	3	1	6	4	2	9	5
9	4	2	8	7	5	3	1	6

Nr. 63:

Waagerecht: 2. Los, 4. Osten, 7. Marianne, 10. Uhr, 11. Ehre, 13. Pinocchio, 14. Spucke, 15. Degen

Senkrecht: 1. Anatomie, 3. Show, 5. Team, 6. Tapferkeit, 8. Ruf, 9. Ire, 12. Veilchen

Nr. 64:

9	2	5	1	6	7	4	3	8
1	6	3	2	8	4	5	7	9
4	7	8	5	9	3	1	2	6
2	4	9	3	7	5	6	8	1
3	1	6	8	4	9	2	5	7
5	8	7	6	1	2	3	9	4
8	9	2	4	3	1	7	6	5
6	3	1	7	5	8	9	4	2
7	5	4	9	2	6	8	1	3

Nr. 65:

T	G	S	R	X	R	B	N	X	S	M	U
Q	S	S	O	C	G	E	N	R	T	A	L
T	G	S	P	T	I	R	Z	S	W	U	A
R	M	N	A	I	E	G	J	A	D	E	P
G	U	O	L	P	N	K	D	O	T	W	I
Z	T	B	N	N	H	R	X	B	B	J	S
G	W	O	I	D	T	I	S	E	S	U	L
S	R	N	P	N	S	S	R	X	J	Z	A
D	I	A	M	A	N	T	A	R	F	I	Z
G	L	O	N	W	S	A	E	D	Z	Y	U
Q	M	E	W	A	F	L	R	I	S	T	L
A	U	K	Q	N	T	L	L	I	N	M	I

Nr. 66:

Lösungen:

Nr. 67:

Waagerecht: 1. Volvo, 5. Maler, 7. Mathematik, 11. Kegel, 12. Stute, 13. Gaga, 15. Igor

Senkrecht: 2. Vorschrift, 3. Amme, 4. Blabla, 6. Alaska, 8. Efendi, 9. Agent, 10. Bug, 14. Wok

Nr. 68:

E	Y	M	A	P	R	I	K	O	S	E	H
R	F	P	I	S	T	A	Z	I	E	K	H
N	T	D	N	R	V	R	F	Y	T	I	Z
Q	C	P	H	S	A	D	A	K	V	R	I
E	T	I	K	J	P	B	X	T	U	S	T
W	H	S	K	L	F	Y	E	W	T	C	R
K	W	Z	U	H	L	Y	L	L	K	H	O
W	R	N	Q	I	A	L	W	N	L	E	N
H	A	G	E	B	U	T	T	E	M	E	E
W	G	D	H	G	M	Y	B	I	R	N	E
J	H	E	I	D	E	L	B	E	E	R	E
C	A	M	P	F	I	R	S	I	C	H	I

Nr. 69:

4	5	9	1	6	8	2	7	3
6	7	1	9	3	2	5	8	4
8	2	3	4	7	5	9	6	1
5	9	7	6	8	1	4	3	2
1	3	4	2	9	7	8	5	6
2	8	6	3	5	4	7	1	9
3	1	8	5	2	9	6	4	7
7	6	2	8	4	3	1	9	5
9	4	5	7	1	6	3	2	8

Nr. 70:

Waagerecht: 3. Sirup, 8. Direktorat, 9. April, 11. Kanal, 12. Winnetou, 14. Coach

Senkrecht: 1. Maus, 2. Obhut, 4. Irrgarten, 5. Detektei, 6. Australien, 7. Ei, 9. Applaus, 10. Rom, 13. Noah

Nr. 71:

Nr. 72:

9	2	3	1	5	8	4	7	6
7	4	5	6	9	3	2	1	8
8	1	6	2	4	7	3	5	9
1	5	4	7	2	6	8	9	3
6	7	8	4	3	9	1	2	5
2	3	9	5	8	1	6	4	7
3	9	7	8	1	4	5	6	2
4	6	2	3	7	5	9	8	1
5	8	1	9	6	2	7	3	4

Lösungen:

Nr. 73:

D	R	V	L	E	B	N	I	R	F	I	T
D	K	S	U	L	G	R	H	E	I	N	G
O	T	A	A	O	F	G	H	G	C	R	O
N	D	T	Z	D	S	R	N	O	C	A	J
A	R	W	H	T	P	E	U	V	N	U	Q
U	T	E	S	E	B	I	I	V	N	E	U
O	W	S	N	I	M	S	S	N	V	C	P
P	W	E	L	B	E	S	K	A	E	F	F
T	J	R	D	T	I	B	E	R	R	U	T
H	U	X	P	N	W	O	L	G	A	E	Y
J	H	S	T	J	Q	R	P	N	F	D	Z
V	U	W	K	H	I	V	Q	B	G	Z	Y

Nr. 74:

Nr. 75:

Waagerecht: 2. Schaf, 4. Oldenburg, 8. Idol, 10. Ganove, 11. Bibliothek, 14. Bingo, 15. Balu

Senkrecht: 1. Themse, 3. rudern, 5. Dalmatiner, 6. Garage, 7. Reise, 9. Cadillac, 12. Omnibus, 13. Amor

Nr. 76:

Nr. 77:

B	M	B	A	P	S	H	U	K	O	D	X
N	P	P	I	Q	C	I	T	B	T	K	B
A	R	T	A	F	E	L	A	B	L	V	R
C	H	A	U	S	A	U	F	G	A	B	E
H	E	S	U	A	S	P	Z	A	R	P	C
H	I	D	L	Z	U	L	E	U	J	A	H
I	K	R	E	I	D	E	N	E	Y	U	N
L	Y	L	H	U	V	R	S	S	H	S	E
F	Y	E	R	I	T	N	U	K	F	E	N
E	H	S	E	I	D	S	R	M	H	A	L
I	B	E	R	T	U	K	C	I	G	Q	K
H	U	N	A	M	C	Z	K	H	N	S	N

Nr. 78:

6	2	9	8	3	1	5	4	7
1	5	4	9	2	7	6	8	3
7	8	3	4	5	6	1	9	2
8	6	7	1	4	2	3	5	9
9	1	2	3	6	5	4	7	8
3	4	5	7	8	9	2	1	6
5	3	8	2	9	4	7	6	1
2	7	6	5	1	8	9	3	4
4	9	1	6	7	3	8	2	5

Lösungen:

Nr. 79:

Waagerecht: 2. Tarzan, 4. Tsunami, 5. Madrid, 7. Badezimmer, 8. Koala, 10. Erle, 11. Hornisse, 12. Leggings, 14. Narbe

Senkrecht: 1. Blasrohr, 3. Kidnapping, 6. Diesel, 8. Kiwi, 9. Achim, 13. Sender

Nr. 80:

S	K	E	B	Y	N	C	S	C	B	D	T
P	P	O	F	E	N	C	H	E	L	K	G
V	A	I	H	P	U	T	S	U	U	A	Y
P	P	Q	N	L	N	O	U	M	M	R	X
Z	R	X	B	A	R	M	J	D	E	T	D
W	I	T	N	N	T	A	Z	W	N	O	C
I	K	S	U	Y	O	T	B	Q	K	F	U
E	A	H	M	I	W	E	D	I	O	F	Z
B	N	R	A	D	I	E	S	C	H	E	N
E	R	O	S	E	N	K	O	H	L	L	D
L	U	K	A	E	Q	W	H	A	N	O	B
J	F	B	C	Y	V	N	P	U	E	L	O

Nr. 81:

Nr. 82:

8	9	5	6	2	7	1	3	4
6	1	3	5	8	4	7	9	2
2	4	7	9	1	3	8	5	6
1	3	4	7	5	8	2	6	9
5	2	6	3	9	1	4	7	8
7	8	9	4	6	2	3	1	5
9	7	8	2	3	5	6	4	1
3	5	1	8	4	6	9	2	7
4	6	2	1	7	9	5	8	3

Nr. 83:

Waagerecht: 3. Lego, 5. Sommer, 6. Spielplatz, 9. Tante, 12. Kamm, 13. Enter, 15. Lied

Senkrecht: 1. Israel, 2. August, 4. passiv, 7. Ironman, 8. Lerche, 10. Alarm, 11. Enkel, 14. Tod

Nr. 84:

2	5	4	3	9	6	8	1	7
1	3	6	7	4	8	9	5	2
7	8	9	1	5	2	6	3	4
8	4	2	9	1	5	7	6	3
3	9	1	4	6	7	5	2	8
5	6	7	8	2	3	4	9	1
4	2	3	5	7	9	1	8	6
6	7	5	2	8	1	3	4	9
9	1	8	6	3	4	2	7	5

Lösungen:

Nr. 85:

L	V	H	E	G	G	M	A	T	D	E	H
I	U	O	W	O	H	N	W	A	G	E	N
Z	S	F	R	H	N	J	I	S	Y	C	A
E	U	O	T	Z	E	R	M	C	L	A	V
L	N	A	M	M	E	R	W	H	M	R	H
T	G	M	L	A	A	L	I	E	V	A	O
P	R	U	G	P	T	T	T	N	N	V	T
L	I	F	B	G	C	T	R	L	G	A	Q
A	L	F	I	I	W	M	E	A	C	N	T
T	L	R	W	B	I	G	N	M	T	N	F
Z	Q	P	A	V	U	R	N	P	I	Z	Q
F	H	V	K	U	H	Y	R	E	U	V	E

Nr. 86:

Nr. 87:

Waagerecht: 1. Kitt, 2. Knie, 5. Vase, 8. Display, 9. Kegelbahn, 10. Judo, 11. Irrtum, 13. Lama, 14. or

Senkrecht: 1. Kanada, 3. Kanu, 4. Hessen, 6. exakt, 7. Miraculix, 12. Rollo

Nr. 88:

P	R	O	U	G	E	A	C	F	U	H	E
B	I	H	C	B	D	V	X	N	A	N	A
I	B	V	A	S	U	I	S	P	R	A	Y
Z	A	H	J	H	S	V	H	Y	U	G	A
Z	L	I	D	S	C	H	A	T	T	E	N
A	S	I	A	J	H	Q	M	A	S	L	M
U	A	P	G	C	G	I	P	J	W	P	C
X	M	U	A	I	E	K	O	P	D	F	D
E	I	D	D	R	L	A	O	S	B	L	L
A	Y	E	S	C	H	M	I	N	K	E	H
H	J	R	G	Y	Q	M	I	V	L	G	Q
M	G	Z	Q	H	N	Y	E	F	H	E	H

Nr. 89:

6	7	2	3	5	8	9	1	4
3	9	5	4	6	1	2	8	7
4	8	1	7	2	9	5	6	3
7	4	6	8	9	5	3	2	1
8	1	9	6	3	2	4	7	5
2	5	3	1	4	7	6	9	8
9	6	8	5	1	4	7	3	2
1	2	4	9	7	3	8	5	6
5	3	7	2	8	6	1	4	9

Nr. 90:

Waagerecht: 3. Alu, 4. Roh, 7. Insel, 8. Ziege, 10. Lagerfeuer, 11. Nase, 13. bald

Senkrecht: 1. parallel, 2. Kopie, 5. Jockey, 6. China, 7. impfen, 9. Geduld, 12. SMS, 13. Bub

Lösungen:

Nr. 91:

Nr. 92:

5	6	3	9	7	8	1	4	2
4	2	8	1	5	6	3	7	9
7	1	9	2	4	3	5	6	8
6	5	1	7	9	2	4	8	3
8	9	2	3	6	4	7	1	5
3	4	7	5	8	1	9	2	6
2	8	5	4	1	9	6	3	7
9	3	4	6	2	7	8	5	1
1	7	6	8	3	5	2	9	4

Nr. 93:

J	T	D	R	E	H	S	T	U	H	L	N
Y	E	C	Z	N	Y	C	U	J	T	Q	L
B	X	O	L	O	C	H	E	R	V	Z	G
L	T	M	A	U	U	R	S	U	R	Z	D
E	M	P	A	P	I	E	R	K	O	R	B
I	A	U	A	F	X	I	K	G	T	A	T
S	R	T	N	A	W	B	J	C	S	V	E
T	K	E	F	B	H	T	A	C	T	Z	L
I	E	R	S	L	R	I	S	W	I	P	E
F	R	R	N	A	G	S	I	R	F	W	F
T	U	F	G	G	Q	C	N	B	T	S	O
F	I	Y	O	E	F	H	G	Z	G	Q	N

Nr. 94:

Nr. 95:

Waagerecht: 1. Graf, 6. Kerkeling, 7. Ozean, 11. Albtraum, 12. Picasso, 14. Orient

Senkrecht: 2. Affe, 3. Berg, 4. Event, 5. Waisenhaus, 8. Antenne, 9. Adam, 10. Ulme, 13. Anis, 15. Inn

Nr. 96:

Lösungen:

Nr. 97:

L	J	D	F	N	N	I	A	I	Q	A	T
B	L	A	U	G	R	A	U	W	G	R	N
Z	I	T	R	O	N	E	N	G	E	L	B
R	L	A	C	H	S	F	A	R	B	E	N
Z	D	V	W	G	R	E	O	L	I	D	N
D	U	L	R	O	E	F	P	T	I	O	E
A	I	K	D	L	X	K	R	I	S	L	O
B	F	Q	Q	D	O	O	L	Z	A	E	A
O	R	A	N	G	E	J	H	Y	G	D	Z
J	L	C	W	E	I	N	R	O	T	V	U
K	R	K	C	L	J	F	T	P	F	E	R
M	I	M	E	B	E	K	H	A	K	I	X

Nr. 98:

4	9	1	7	6	2	5	8	3
5	2	3	4	1	8	6	9	7
6	7	8	9	3	5	1	2	4
7	1	9	3	8	6	2	4	5
8	3	6	5	2	4	7	1	9
2	4	5	1	7	9	8	3	6
1	5	7	8	9	3	4	6	2
3	6	4	2	5	1	9	7	8
9	8	2	6	4	7	3	5	1

Nr. 99:

Waagerecht: 1. Satz, 4. Edamer, 5. Rutsche, 7. Batterie, 10. Feiertag, 11. Tau, 13. Mexiko

Senkrecht: 1. Squaw, 2. Nelke, 3. Beduine, 6. Sir, 8. Taekwondo, 9. Hupe, 12. Olive, 13. Mars

Nr. 100:

A	S	H	M	C	R	I	E	S	E	D	H
R	L	I	A	N	T	O	H	E	X	E	N
L	E	A	Z	U	I	E	D	F	K	F	Q
T	N	S	D	R	A	C	H	E	N	R	D
A	I	Y	T	I	B	E	W	B	X	O	R
K	I	K	Z	N	N	U	B	A	U	S	E
A	G	W	E	A	T	E	P	P	I	C	H
T	E	R	K	W	U	C	Z	J	P	H	X
Z	L	N	E	H	E	B	Y	O	L	I	I
E	Q	M	M	T	Y	I	E	U	K	I	O
Q	T	W	W	O	E	O	U	R	F	Y	E
M	M	U	W	H	C	L	H	E	N	M	L

Nr. 101:

Nr. 102:

2	1	5	6	4	7	3	8	9
6	9	4	8	5	3	1	2	7
3	7	8	9	1	2	4	5	6
1	6	9	2	7	8	5	3	4
5	3	7	1	6	4	2	9	8
4	8	2	3	9	5	6	7	1
7	2	1	4	3	9	8	6	5
8	5	6	7	2	1	9	4	3
9	4	3	5	8	6	7	1	2

Lösungen:

Nr. 103:

Waagerecht: 3. platt, 6. sinnen, 7. anbiedern, 12. Flaum, 13. zwanzig, 14. Bohne

Senkrecht: 1. Susi, 2. Lehrplan, 4. Lok, 5. Tandem, 8. Input, 9. Ufer, 10. baden, 11. Ritter, 15. Hang

Nr. 104:

6	4	8	3	1	7	5	2	9
1	5	9	2	4	6	8	7	3
7	3	2	5	8	9	6	1	4
8	6	3	4	5	1	7	9	2
2	7	1	6	9	8	3	4	5
4	9	5	7	3	2	1	6	8
9	1	4	8	6	3	2	5	7
3	2	6	9	7	5	4	8	1
5	8	7	1	2	4	9	3	6

Nr. 105:

N	H	R	T	R	A	U	Z	E	U	G	E
V	P	O	K	F	M	X	B	B	Q	Q	I
E	L	O	C	U	W	K	S	K	B	L	N
H	U	S	L	C	T	P	H	I	Z	C	L
E	D	H	S	T	D	S	I	R	G	R	A
R	Y	T	Y	C	E	I	C	C	R	A	D
I	W	B	R	Y	H	R	I	H	U	F	U
N	M	R	P	W	U	L	A	E	E	K	N
G	A	A	A	U	F	G	E	B	O	T	G
D	N	U	W	G	M	N	J	I	E	H	W
G	K	T	M	T	K	T	U	P	E	N	F
S	T	A	N	D	E	S	A	M	T	R	D

Nr. 106:

Nr. 107:

Waagerecht: 1. Dorf, 4. Taube, 6. Stuhl, 9. Mond, 10. pink, 12. Augenbraue, 14. Rodeo

Senkrecht: 2. Flora, 3. Niebelungen, 5. Erreger, 7. Ufer, 8. Lorbeer, 11. Idee, 12. akut, 13. eitel

Nr. 108:

C	X	L	M	A	R	Z	I	P	A	N	V
A	E	E	K	R	D	K	T	H	R	I	Z
N	Y	B	D	O	U	L	E	O	D	M	U
T	M	K	X	H	N	W	Z	K	R	H	C
K	U	U	E	N	I	F	U	E	S	T	K
U	H	C	O	L	P	D	E	W	Y	P	E
E	C	H	P	O	O	R	A	K	I	Q	R
Q	P	E	R	V	M	L	A	Q	T	F	W
J	Z	N	T	Y	U	U	L	L	Q	N	A
G	U	E	Y	N	H	Q	I	I	I	D	T
U	J	P	O	P	C	O	R	N	J	N	T
O	R	S	C	H	O	K	O	L	A	D	E

Lösungen:

Nr. 109:

2	3	6	1	7	9	4	8	5
4	9	1	8	3	5	2	6	7
5	7	8	2	4	6	3	9	1
3	1	7	4	5	8	9	2	6
6	2	5	7	9	3	1	4	8
8	4	9	6	1	2	7	5	3
7	8	2	3	6	4	5	1	9
9	6	3	5	2	1	8	7	4
1	5	4	9	8	7	6	3	2

Nr. 110:

Waagerecht: 4. Neapel, 6. Opa, 7. Tor, 9. ebay, 11. Interesse, 13. Chemie, 15. Rute

Senkrecht: 1. FDP, 2. Ulm, 3. Mammutbaum, 5. Adresse, 8. Oli, 10. Iran, 12. Asche, 14. Iglu

Nr. 111:

Nr. 112:

8	7	4	9	2	1	5	3	6
5	3	9	6	8	4	7	2	1
1	2	6	3	5	7	4	8	9
2	4	1	8	6	9	3	7	5
3	8	5	1	7	2	6	9	4
6	9	7	4	3	5	2	1	8
7	1	2	5	9	6	8	4	3
9	5	3	2	4	8	1	6	7
4	6	8	7	1	3	9	5	2

Nr. 113:

D	F	K	R	I	M	A	I	L	A	N	D
S	P	M	O	S	K	A	U	J	L	H	P
R	X	U	A	P	T	H	A	I	B	J	R
A	H	B	V	V	E	G	G	R	V	G	P
A	B	E	R	L	I	N	C	M	H	W	U
C	J	W	A	R	S	C	H	A	U	V	A
S	Z	I	Y	L	I	S	S	A	B	O	N
X	B	X	P	N	Y	S	C	Z	G	R	D
R	A	L	O	N	D	O	N	W	I	E	N
G	S	R	B	U	G	H	F	V	N	A	N
N	E	P	B	A	R	C	E	L	O	N	A
G	L	G	W	F	H	D	U	B	L	I	N

Nr. 114:

Lösungen:

Nr. 115:

Waagerecht: 3. Vitamin, 5. beenden, 7. Wegnahme, 8. Bauer, 9. Beute, 10. Kratzer, 14. eher, 15. Lese

Senkrecht: 1. Ruine, 2. Wasserglas, 4. Senke, 6. Agentur, 11. Anfahrt, 12. Endivie, 13. jene

Nr. 116:

Nr. 117:

K	V	B	I	K	I	N	I	A	S	A	E
S	S	T	A	R	T	B	L	O	C	K	R
B	P	I	P	F	W	M	H	X	D	E	H
R	Y	R	H	L	T	A	U	C	H	E	N
D	D	C	U	S	A	D	S	K	D	D	T
U	S	S	R	N	W	N	T	S	Y	L	P
S	K	G	U	A	G	C	S	E	E	A	S
C	O	D	T	C	N	B	X	C	I	R	N
H	K	Z	S	U	S	X	R	B	H	L	Z
E	D	P	C	Z	D	R	U	E	G	E	H
I	B	C	H	L	O	R	O	S	T	C	N
B	A	D	E	H	O	S	E	E	P	T	S

Nr. 118:

9	2	6	8	3	5	1	4	7
3	5	8	4	7	1	6	2	9
4	7	1	2	6	9	8	5	3
1	6	9	3	2	8	4	7	5
7	8	5	9	1	4	2	3	6
2	3	4	7	5	6	9	8	1
6	4	3	1	8	7	5	9	2
5	9	2	6	4	3	7	1	8
8	1	7	5	9	2	3	6	4

Nr. 119:

Waagerecht: 1. PS, 4. Erfolg, 6. Verb, 8. Tachometer, 9. leicht, 11. Blume, 14. Elle

Senkrecht: 2. Saal, 3. Vogelhaus, 5. Fliese, 7. Maurer, 9. Liebe, 10. Track, 12. Logik, 13. Heu

Nr. 120:

W	A	T	Z	M	A	N	N	R	K	H	Z
J	L	Z	R	A	H	E	C	D	M	N	E
K	F	U	S	T	Z	H	I	O	W	V	K
X	M	G	H	T	U	R	A	L	T	E	M
D	S	S	I	E	H	S	I	O	P	S	U
B	U	P	L	R	A	Q	N	M	B	U	U
C	O	I	H	H	F	N	E	I	S	V	H
L	N	T	B	O	W	T	D	T	L	U	T
A	G	Z	Q	R	A	L	P	E	N	M	A
M	E	E	G	N	Q	V	R	N	N	F	H
D	A	H	H	I	M	A	L	A	Y	A	O
Y	H	F	E	L	D	B	E	R	G	X	B

Lösungen:

Nr. 121:

Nr. 122:

5	9	4	1	6	7	2	3	8
6	7	2	4	8	3	5	9	1
1	3	8	2	9	5	6	7	4
7	2	5	3	1	6	8	4	9
8	1	9	5	7	4	3	2	6
3	4	6	8	2	9	7	1	5
9	5	7	6	4	2	1	8	3
2	6	1	9	3	8	4	5	7
4	8	3	7	5	1	9	6	2

Nr. 123:

Waagerecht: 1. Gang, 4. Rebus, 5. Duden, 8. Pfeffer, 10. Seenot, 11. Rhein, 12. Istanbul, 13. abfahren

Senkrecht: 2. gern, 3. Runde, 6. Dreck, 7. Zeltlager, 9. treu, 13. also, 14. fit

Nr. 124:

1	4	7	2	5	9	6	3	8
6	3	5	1	8	4	7	9	2
2	8	9	6	7	3	1	4	5
7	5	8	3	9	2	4	6	1
3	1	6	8	4	5	2	7	9
9	2	4	7	6	1	5	8	3
4	9	3	5	2	6	8	1	7
8	6	2	9	1	7	3	5	4
5	7	1	4	3	8	9	2	6

Nr. 125:

U	A	I	B	U	N	S	I	E	B	I	R
M	R	N	I	T	K	A	J	Z	R	S	T
I	T	L	K	R	Y	G	E	O	O	W	I
K	V	L	Q	A	X	I	Z	I	T	G	V
R	N	O	E	U	R	B	O	A	K	Z	G
O	E	F	E	G	I	A	X	X	A	B	Y
W	I	P	M	M	V	R	F	O	S	L	I
E	E	M	I	Z	A	Q	L	F	T	D	K
L	R	E	G	S	E	X	I	E	E	I	E
L	U	T	B	A	R	D	H	N	N	R	S
E	H	A	C	K	M	E	S	S	E	R	B
P	R	P	Q	Q	M	W	A	A	G	E	I

Nr. 126:

Lösungen:

Nr. 127:

Waagerecht: 3. Karate, 4. Mama, 8. Atlas, 9. Ingenieur, 12. rein, 14. sechs, 15. Gips

Senkrecht: 1. Tank, 2. Dackel, 5. Alarm, 6. Kalk, 7. Rekord, 10. Niete, 11. Uhr, 13. nein

Nr. 128:

D	U	M	A	S	T	R	O	N	A	U	T
T	R	I	E	B	W	E	R	K	I	I	K
S	W	A	C	T	T	N	P	F	X	I	L
T	O	A	U	O	T	Z	M	M	B	A	Q
T	F	L	S	M	U	H	D	O	A	U	V
U	M	P	A	M	S	N	H	N	N	R	A
D	W	I	H	R	N	T	T	D	D	I	S
Q	C	A	U	T	Z	V	A	D	U	A	X
S	O	N	D	E	A	E	O	T	O	X	N
U	D	C	E	L	J	N	L	B	I	W	S
K	P	L	U	T	O	U	B	L	J	O	N
Y	R	S	B	I	Z	S	E	J	E	X	N

Nr. 129:

3	5	4	8	9	6	1	2	7
9	1	7	2	5	3	4	6	8
2	6	8	7	1	4	3	5	9
4	7	1	3	6	9	2	8	5
5	8	2	1	4	7	9	3	6
6	9	3	5	2	8	7	1	4
8	2	6	4	7	1	5	9	3
1	4	9	6	3	5	8	7	2
7	3	5	9	8	2	6	4	1

Nr. 130:

Waagerecht: 1. Pfad, 5. Lauge, 6. Weste, 8. hinauf, 10. unfair, 11. Saite, 13. Lori, 14. Eos

Senkrecht: 2. Dohle, 3. User, 4. Tukan, 7.Einhorn, 9. Maler, 11. Serie, 12. Elan

Nr. 131:

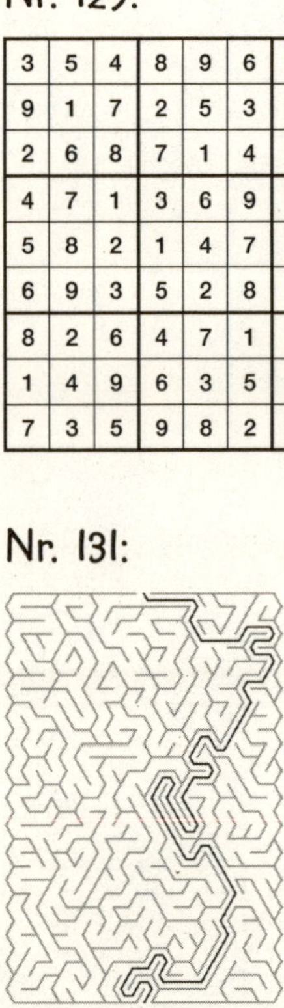

Nr. 132:

1	4	7	6	9	5	8	2	3
5	3	9	7	8	2	6	4	1
6	2	8	1	3	4	5	7	9
9	7	5	4	2	8	1	3	6
3	1	2	5	6	7	9	8	4
4	8	6	9	1	3	7	5	2
7	9	4	2	5	6	3	1	8
8	5	1	3	4	9	2	6	7
2	6	3	8	7	1	4	9	5

Lösungen:

Nr. 133:

K	E	V	A	N	G	E	L	I	U	M	B
A	A	U	J	F	Y	L	W	E	W	D	X
R	V	E	T	M	O	S	C	H	E	E	S
F	E	T	D	R	D	U	E	J	I	A	E
R	R	J	H	K	U	Z	Q	E	H	B	D
E	G	G	S	X	M	U	M	P	N	U	S
I	E	U	X	E	P	B	B	K	A	E	J
T	B	S	Z	Q	E	I	O	K	C	N	U
A	U	K	A	P	E	L	L	E	H	G	U
G	N	A	G	K	O	X	E	G	T	E	S
J	G	H	B	I	B	E	L	E	E	L	Q
U	P	N	U	K	Y	R	A	J	N	R	F

Nr. 134:

Nr. 135:

Waagerecht: 4. legen, 6. echt, 8. Flotte, 10. Federung, 12. Flut, 13. Million, 14. Strom

Senkrecht: 1. Sure, 2. Habe, 3. Attila, 5. Gitarre, 7. Stiefel, 9. Joghurt, 11. Ruin, 15. mit

Nr. 136:

Nr. 137:

V	T	M	O	V	G	B	N	X	K	D	M
N	A	P	O	N	L	O	W	I	L	K	Q
B	P	P	W	H	G	C	S	A	Z	R	B
U	F	T	R	G	N	T	T	W	T	A	I
T	E	M	S	I	U	K	R	O	B	P	S
T	L	O	U	T	N	L	U	U	K	F	K
E	T	D	E	F	O	T	D	C	S	E	U
R	A	C	O	K	F	L	E	S	H	N	I
K	S	X	E	F	Y	I	L	L	N	E	T
E	C	J	U	G	K	O	N	E	G	A	N
K	H	C	R	O	I	S	S	A	N	T	Y
S	E	N	I	X	H	U	R	A	P	F	Q

Nr. 138:

5	8	7	1	2	9	6	3	4
9	6	1	3	4	7	5	8	2
2	3	4	8	5	6	1	7	9
4	7	9	5	8	1	3	2	6
1	5	3	4	6	2	7	9	8
6	2	8	7	9	3	4	5	1
7	9	2	6	1	5	8	4	3
3	4	6	9	7	8	2	1	5
8	1	5	2	3	4	9	6	7

Lösungen:

Nr. 139:

Waagerecht: 3. Jolle, 4. Rage, 6. Watte, 9. jenes, 11. Kapitel, 13. Ehefrau, 14. Tiefe, 15. Monaco

Senkrecht: 1. Getto, 2. Ferse, 5. Leser, 7. Emaille, 8. Streusel, 10. Nassau, 12. Freitag

Nr. 140:

O	I	B	U	B	R	A	M	S	C	H	L
W	H	I	S	I	R	W	E	W	R	R	U
C	D	L	S	P	I	E	L	Z	E	U	G
G	R	D	K	O	K	F	P	D	U	R	C
Q	N	E	A	R	T	U	T	M	X	E	P
E	W	R	U	Z	S	P	N	Z	T	A	U
R	Z	R	I	E	T	A	U	S	C	H	P
T	X	A	F	L	S	C	U	E	T	I	P
S	C	H	A	L	L	P	L	A	T	T	E
A	R	M	B	A	N	D	U	H	R	U	E
F	B	E	D	N	F	G	Z	D	X	T	H
S	B	N	B	U	C	H	O	D	U	R	N

Nr. 141:

Nr. 142:

2	8	9	3	6	5	4	7	1
3	4	1	8	7	2	5	6	9
5	6	7	9	4	1	8	2	3
4	5	2	1	8	3	6	9	7
6	7	8	4	2	9	1	3	5
9	1	3	6	5	7	2	4	8
1	3	5	2	9	6	7	8	4
7	2	4	5	3	8	9	1	6
8	9	6	7	1	4	3	5	2

Nr. 143:

Waagerecht: 4. Kletterei, 6. Akne, 7. feminin, 8.Linse, 10. leer, 12. Lyriker, 14. Akazie, 15. pound

Senkrecht: 1. sehen, 2. Sternbilder, 3. Nikotin, 5. Pate, 9. hell, 11. Kaaba, 13. Revisor

Nr. 144:

8	6	2	1	5	3	4	9	7
9	1	7	4	2	6	3	5	8
4	5	3	9	7	8	6	1	2
5	7	8	6	3	2	1	4	9
6	9	4	8	1	7	5	2	3
2	3	1	5	9	4	7	8	6
7	4	5	2	6	9	8	3	1
1	2	6	3	8	5	9	7	4
3	8	9	7	4	1	2	6	5

Lösungen:

Nr. 145:

N	V	I	T	R	I	N	E	Z	D	R	U
P	L	S	B	A	E	A	X	P	Y	D	B
A	I	O	P	A	W	G	H	D	I	I	H
T	E	F	S	I	R	N	A	C	B	P	J
Y	G	A	S	R	E	H	S	L	Q	F	H
R	E	Q	C	E	Y	G	O	I	I	R	Y
R	S	N	H	O	S	V	E	C	U	G	D
S	T	Q	R	F	U	S	R	L	K	C	C
V	U	V	A	S	Q	C	E	E	I	E	W
A	H	H	N	F	X	A	H	L	P	M	R
U	L	M	K	U	H	U	N	U	N	B	D
L	Y	G	A	R	D	E	R	O	B	E	K

Nr. 146:

Nr. 147:

Waagerecht: 1. Kern, 4. Kiemen, 8. Robe, 9. Reithose, 10. Garnele, 13. Erdteil, 14. Lee, 15. Karte

Senkrecht: 2. Raben, 3. Livree, 5. voran, 6. Vielfrass, 7. Lob, 11. Abfall, 12. Retina

Nr. 148:

V	G	L	A	D	I	O	L	E	P	R	C
C	N	S	G	B	R	V	C	N	R	D	T
B	E	G	O	N	I	E	S	E	I	E	J
T	L	D	R	H	T	Z	T	W	M	E	V
U	K	P	D	E	T	U	J	G	E	O	W
L	E	L	A	V	E	N	D	E	L	N	A
P	X	B	Z	A	R	L	G	B	Q	V	L
E	C	H	R	I	S	T	R	O	S	E	A
Q	P	P	W	T	T	T	S	Q	Q	U	T
D	A	H	L	I	E	G	E	G	J	B	O
F	Q	C	Z	W	R	T	E	R	H	S	H
B	H	H	E	S	N	U	H	H	Z	N	I

Nr. 149:

5	4	2	7	9	1	8	6	3
1	3	7	6	2	8	9	4	5
6	8	9	5	3	4	7	1	2
7	5	3	2	4	6	1	8	9
9	6	8	1	5	3	2	7	4
4	2	1	8	7	9	5	3	6
8	7	4	9	6	2	3	5	1
3	9	5	4	1	7	6	2	8
2	1	6	3	8	5	4	9	7

Nr. 150:

Waagerecht: 2. Bach, 3. beide, 7. Enkel, 8. edel, 10. Landzunge, 14. Tumult, 15. Slawen

Senkrecht: 1. Daune, 4. Inserat, 5. Ozean, 6. Lenz, 9. Flirt, 11. zehn, 12. Estragon, 13. ABS

Lösungen:

Nr. 151:

Nr. 152:

8	9	3	6	1	4	7	2	5
4	5	6	9	7	2	3	8	1
1	2	7	8	3	5	9	4	6
5	3	4	1	6	8	2	7	9
9	6	2	5	4	7	1	3	8
7	8	1	3	2	9	5	6	4
6	7	5	2	8	1	4	9	3
2	1	8	4	9	3	6	5	7
3	4	9	7	5	6	8	1	2

Nr. 153:

C	G	P	K	E	K	B	B	L	E	B	A
L	Q	A	P	Y	A	R	S	W	X	L	P
R	U	U	V	M	R	E	L	V	H	A	O
U	H	F	S	J	U	Z	B	H	J	S	S
B	T	W	T	N	S	E	Z	B	A	M	C
R	B	S	Z	G	S	L	H	B	U	U	H
P	B	E	D	I	E	N	U	N	G	S	A
D	I	R	N	D	L	W	H	A	K	I	U
L	H	B	Q	G	L	J	E	L	R	K	K
Z	U	I	L	E	D	E	R	H	O	S	E
R	I	E	S	E	N	R	A	D	R	H	L
Z	Z	R	C	E	W	I	V	L	F	M	A

Nr. 154:

Nr. 155:

Waagerecht: 5. Tour, 6. liberal, 8. vornehm, 9. frevelhaft, 12. rechts, 13. Feier, 14. Tenor

Senkrecht: 1. publik, 2. Kabel, 3. Summe, 4. Stachel, 7. Kohlestift, 10. Zeder, 11. Beton, 15. Esel

Nr. 156:

Lösungen:

Nr. 157:

X	H	T	R	A	B	V	R	X	H	J	T
A	Y	U	L	N	L	E	E	G	X	X	M
O	E	W	F	U	S	C	H	R	I	T	T
H	H	M	A	E	H	N	E	R	M	E	T
E	T	S	R	G	I	V	N	E	L	H	Q
N	Y	S	T	N	S	S	A	T	R	H	F
G	F	Z	A	U	M	Z	E	U	G	U	I
S	W	Q	J	T	T	V	Q	N	A	R	D
T	I	K	E	A	T	E	T	L	L	N	M
C	V	F	O	H	L	E	N	Y	O	W	P
V	X	W	B	W	D	T	L	R	P	M	V
I	D	P	M	O	G	S	C	V	P	F	O

Nr. 158:

2	3	6	7	5	8	1	4	9
1	4	7	9	2	3	8	6	5
8	5	9	1	4	6	2	7	3
3	9	1	2	8	7	4	5	6
4	2	5	3	6	1	9	8	7
6	7	8	5	9	4	3	1	2
5	8	2	4	7	9	6	3	1
9	1	4	6	3	5	7	2	8
7	6	3	8	1	2	5	9	4

Nr. 159:

Waagerecht: 2. Furnier, 6. zittern, 9. Espe, 10. resolut, 11. Nugget, 13. solid, 14. Sehne

Senkrecht: 1. korrupt, 3. Novize, 4. Zahnseide, 5. Cabrio, 7. Teeglas, 8. Gattung, 11. nein, 12. Depot

Nr. 160:

L	C	A	K	P	N	X	K	H	X	P	Z
S	A	J	R	U	M	B	I	E	S	I	W
C	E	U	O	M	T	B	B	F	H	Z	I
H	M	I	G	P	A	U	A	E	V	Z	E
W	I	D	G	E	N	W	G	Z	H	A	B
A	S	A	E	R	N	H	U	O	F	B	E
R	C	F	N	N	I	S	E	P	Z	R	L
Z	H	Q	B	I	E	T	T	F	P	O	B
B	B	O	R	C	A	O	T	A	H	T	R
R	R	U	O	K	S	A	E	Z	N	J	O
O	O	T	T	E	H	S	K	Z	S	G	T
T	T	G	K	L	N	T	D	A	D	O	E

Nr. 161:

Nr. 162:

4	6	8	9	1	2	5	7	3
9	2	5	7	3	6	1	4	8
7	1	3	4	5	8	2	6	9
2	4	7	5	8	1	3	9	6
8	9	6	2	4	3	7	5	1
3	5	1	6	7	9	4	8	2
5	3	2	8	6	4	9	1	7
1	8	4	3	9	7	6	2	5
6	7	9	1	2	5	8	3	4

Lösungen:

Nr. 163:

Waagerecht: 4. Seil, 5. Devise, 6. Radar, 7. Rand, 9. Askese, 10. Unreife, 13. Haut, 14. si

Senkrecht: 1. offen, 2. Sari, 3. Osterhase, 7. Rede, 8. Paris, 11. Flachs, 12. aufs

Nr. 164:

4	3	6	7	8	5	9	1	2
5	8	9	2	3	1	7	6	4
7	2	1	6	9	4	3	8	5
6	7	8	4	5	3	2	9	1
1	9	5	8	2	6	4	3	7
2	4	3	1	7	9	6	5	8
8	5	4	9	6	7	1	2	3
3	6	7	5	1	2	8	4	9
9	1	2	3	4	8	5	7	6

Nr. 165:

W	E	O	W	D	U	Q	Q	Y	U	E	Q
W	S	Z	M	O	S	H	X	M	M	K	P
E	C	T	O	X	T	G	A	S	U	V	A
B	U	N	E	N	I	P	Z	M	S	T	T
E	K	L	S	C	C	N	G	A	T	K	C
N	A	D	E	L	K	I	S	S	E	N	H
P	H	W	I	Y	E	N	G	Q	R	O	W
H	G	W	D	S	N	T	A	Z	H	P	O
I	A	C	E	M	A	N	R	D	T	F	R
S	T	R	I	C	K	E	N	S	E	M	K
L	E	Q	P	C	H	J	M	W	Y	L	L
Y	S	E	X	V	F	W	H	P	A	Q	R

Nr. 166:

Nr. 167:

Waagerecht: 1. Auslese, 4. Ritt, 5. Bergbahn, 7. hart, 8. Uni, 10. Dressur, 12. Lift, 13. Stern

Senkrecht: 2. Eheleute, 3. Erreger, 6. Amulett, 9. erholt, 11. Stau, 12. Leim, 14. Nerv

Nr. 168:

R	O	D	E	L	N	E	P	V	D	H	K
C	I	W	S	C	H	A	N	Z	E	U	B
O	U	E	I	S	H	O	C	K	E	Y	L
P	M	B	S	I	L	Z	P	W	P	A	A
I	R	A	C	E	Y	M	Q	R	B	H	N
S	R	Y	B	H	N	T	X	Q	I	D	G
T	S	W	W	F	Z	S	T	V	A	J	L
E	D	Z	B	L	A	V	L	U	T	Y	A
L	G	I	F	M	G	H	F	A	H	Q	U
S	N	O	W	B	O	A	R	D	L	Y	F
T	A	G	V	B	E	D	H	T	O	O	C
S	L	A	L	O	M	E	T	P	N	K	M

Lösungen:

Nr. 169:

8	1	4	6	3	5	9	2	7
5	2	6	7	8	9	1	3	4
7	3	9	1	2	4	5	6	8
1	6	3	5	7	8	2	4	9
2	8	7	9	4	6	3	1	5
9	4	5	2	1	3	7	8	6
3	5	1	8	6	7	4	9	2
4	7	8	3	9	2	6	5	1
6	9	2	4	5	1	8	7	3

Nr. 170:

Waagerecht: 2. Beleg, 3. klar, 4. stets, 6. Gebiet, 7. Klaps, 9. Sirene, 11. Apparat

Senkrecht: 1. Beet, 3. Kiste, 4. Sekte, 5. Oberlippe, 6. Genie, 8. Speed, 9. Schote, 10. Reck

Nr. 171:

Nr. 172:

4	8	6	2	3	9	5	7	1
1	5	9	4	7	8	6	3	2
7	2	3	5	6	1	9	4	8
2	6	8	9	1	3	7	5	4
3	4	5	6	2	7	1	8	9
9	7	1	8	4	5	2	6	3
8	9	2	7	5	4	3	1	6
5	3	4	1	9	6	8	2	7
6	1	7	3	8	2	4	9	5

Nr. 173:

Nr. 174:

N	X	P	M	F	W	D	T	C	C	D	N
V	H	D	H	A	W	T	A	K	O	O	B
N	O	I	B	A	S	E	B	A	L	L	E
D	L	S	G	N	L	B	R	E	R	L	A
L	L	N	W	H	J	L	N	H	A	A	E
M	Y	E	R	P	S	I	O	A	N	R	M
F	W	Y	Z	H	O	C	Q	W	G	K	N
A	O	L	O	Y	W	F	H	P	E	U	S
L	O	A	J	D	H	S	D	O	R	E	U
T	D	N	D	C	M	W	Y	O	O	J	N
Y	S	D	K	F	O	O	T	B	A	L	L
T	H	A	N	K	S	G	I	V	I	N	G

Impressum

© garant Verlag GmbH, Benzstr. 56, 71272 Renningen, 2019
www.garant-verlag.de

Herstellung und Organisation: Dr. Christian Zentner, München
Layout und Satz: Petra Sarow, München
Illustrationen: Bettina Bach, Worms

ISBN 978-3-7359-1804-8